ちいさな君と、こえを遠くに

ツカサ

ill. しらたま

「ぷ、プロじゃなくても
いいです！
わたしに声優になるための
レッスンをしてください！」

ソラちゃんは真剣な表情で、
そんなとんでもないお願いをしてきたのだった。

「藤波先輩の夢を
一つ叶えられるのでしたら、
わたくしも
頑張りますわ」

「ふふん、
女の子と一緒に通学するのって
〝オトコのユメ〟
なんでしょ？」

「でも、今日はわたしのことを見てくれると……嬉しいです」
Sora shirase
白瀬空
小学五年生。ボランティア委員で主人公と出会い、声優になるためのレッスンをお願いする。
「じゃあ、しのぶもお兄ちゃんに教えてもらいたい！」
ShinobuSuzumori
鈴森忍
小学三年生。ソラが主人公とレッスンをしていることを知り、自分も参加したいと頼んでくる。
「藤波くんってホントに良い人なんだね」
Touko Hodaka
穂高塔子
高校二年生で、主人公のクラスメイト。ボランティア委員をしている。

Elena Minami
南エレナ
ボランティア委員の先輩で、現在は芸大生兼アニメクリエイター。主人公とはかつて仕事で一緒に組んだことがある。
「カナ兄って呼んだらダメ？」
「そんな急に迫られたらドキドキするだろー？」
Misaki Sakurano
桜乃美沙貴
小学六年生。活発な少女だが、親友で幼馴染の紫苑のことをいつも気に掛けているという一面も。
「では今度、藤波先輩が困っていた時はお助けいたしますわ」
Shion Shinonome
東雲紫苑
美沙貴のクラスメイト。彼女に対しての当たりは強いが、実は奥手で恥ずかしがり。

Contents

ちいさな君と、こえを遠くに

ツカサ

講談社ラノベ文庫

口絵・本文イラスト／しらたま
デザイン／たにごめかぶと（ムシカゴグラフィクス）
編集／庄司智

序章

「────!!」

歌う、全てを込めて。

爆音で轟《とどろ》く伴奏の中でも、俺の声は霞《かす》むことなく、どこまでも遠くへ奔《はし》る。

それも当然、この場に満ちる音は全て俺の味方だから。

ギターを、ベースを、ドラムを奏でるのは、俺の信頼するバンドメンバーたち。

最初は俺以外楽器の経験はなく、モテたいからとか、人気者になりたいとか──中学生になったばかりのガキ共が欲望丸出しの動機で始めた、おままごとみたいなバンド活動。

なんとか形になるまで半年。

人前で歌ったのは文化祭の時だけで、あとはカバー曲をネットに上げ続け、地道にファンを増やした。

二年目、初めてのオリジナル曲がとある出来事を切っ掛けに、凄《すさ》まじい再生回数を叩《たた》き出《だ》した。

そこからはもう別世界。

ネットの向こう側の存在だった人気者と関わったり、事務所に所属してライブツアーと

CDの発売が決まったり、取材を受けたり――大きな波に押し流されていくかのようだった。

でも、辿《たど》り付けたのが此処《ここ》ならそれでいい。

バンド結成四年目。高校一年生の冬――。

広いライブ会場に満員の観客。これで全部じゃなく、同時配信で何万人もの人間が俺たちを見ている。

そうだ、聞いてくれ。俺の歌を。

狭い世界で生きていた俺が、親や教師、ムカつくクラスメイトに〝クソったれ〟と言うためだけに作った曲を。

御大層なメッセージなんてない。

それでも伝わるものがあった。

心を震わせてくれる人がこんなにもいた。

なら、魂を絞り出してでも応える価値がある。

俺の声は、この感情を余さず届けてくれる。

一切の迷いなくそう信じた。

だが――。

突然、音が欠ける。

ありえない。
この曲になくてはならないものが、俺の声が――消える。
それが、俺の夢が終わった瞬間だった。

第一章　きみのこえ

1

ガタンゴトン――。

規則的な音と共に揺れる車体。

電車はあまり好きじゃない。聞きたくもない会話が耳に入ってくるから。

「最近聞いたんだけど、Eternal Red《エターナル　レッド》すごいよかったー」

「あ、そのバンド私も好きー」

ドア付近に立って話すセーラー服姿の女子中学生たち。

「新曲って出てないのかな？」

「もう解散しちゃったし無理じゃない？」

「嘘《うそ》⁉　解散⁉　何で？」

「ボーカルの人が喉壊しちゃったみたいでさー」

「うわ、かわいそー……ボーカルってあの可愛《かわい》い人だよね？」

「うん、ソウタさん。私ファンだったからすごいショックで――」

昔ならこういう時、イヤホンを耳につけ、爆音で音楽を流して外の世界をシャットアウトした。

でも今は音楽を聞く気にもならない。

その時、制服のポケットに入れてあったスマホが震える。

取り出して確認すると友人からのメッセージが届いていた。

『ソウタ、そっちも今日から学校か？』

送り主は俺の幼《おさな》馴染《なじみ》であり、元Eternal Redのドラム――相川輝幸《あいかわてるゆき》。

つまり、女子中学生が話題に出していた〝ソウタさん〟とは俺のこと。

ただしソウタはあだ名かつ芸名で、本名は藤波奏太《ふじなみかなた》。

奏太の読み方はカナタなのだが、よくソウタと間違われるのでそれをバンドで活動する時の名前にしたのだ。

『ああ、今登校中。テルはまたサボってるのか？』

俺もメッセージを打ち、返信。

『アタリ。始業式とかだりーもん。終わるぐらいを見計らって行くつもり』

『相変わらずだな』

文字だけだが、輝幸の声が勝手に脳内で再生される。

『ソウタもサボりゃいいじゃん。これから独り暮らしなんだから、もうやりたい放題だろ』

『んなわけあるか。ここで適当なことしたら、すぐに連れ戻される。うちの頭の固い親を説得するの、ガチで大変だったんだからな』

楽観的な輝幸の台詞《せりふ》に俺は溜息《ためいき》を吐《つ》く。

『そりゃお気の毒さま。けどソウタが顔出したら騒ぎにならねーか？』

『心配ない。こっちじゃ俺はただの奏太だし、何より見た目と声が別人だ。顔が多少似ても、誰も同一人物なんて思わないよ』

バンドのボーカルだったソウタは、同年代の男子と比べてかなり小柄で、小学生に間違われることもあるほど。

声も中性的で、雑誌などでは〃奇跡の声〃と評された。

けれど突然声が出なくなって、バンド活動は休止に。

原因は喉の酷使による炎症。

よくあることだと思った。しばらく安静にしていれば治ると信じていた。

だが休養に入った直後から異変が起こった。

成長痛で眠れなくなるほど身長が一気に伸び、炎症が治まった後の声は別人のように低くなっていた。

典型的な第二次性徴。

高校生になっても身長は伸びないし、声変わりもしないし、俺はそういう時期を乗り切ったのだと考えていたが——甘かったらしい。

もしかすると少しでも長く〝ソウタ〟でいるために、俺の体は限界まで成長を止めていたのかもしれなかった。

『確かにソウタのファンほど、今のお前のことは分からないかもな。でもたまにすげー鋭いやついるし気を付けろよ』

『念のため伊達《だて》眼鏡を掛けてるから大丈夫』

俺はそう言ってまだ慣れない眼鏡のツルに指で触れる。

『ソウタが眼鏡？　似合わねー』

『うっせ』

そこで電車が目的地につき、メッセージでの会話は終わった。

降りたのは雛野《ひなの》駅。

近くに重要文化財に指定された城があり、かつてバンドのＰＶ撮影で訪れたことがある。

田舎過ぎず都会過ぎず過ごしやすそうな地方都市。

俺の住んでいた街から遠く離れていることもあり、俺はここで新生活を始めることにしたのだ。

駅は商業ビルと一体化した真新しい建物で、周囲にはショッピングモールや図書館などがあり、俺がこれから通う雛野高校も歩いて数分のところにある。

学校には転入手続きのために両親と一度行ったきりなので記憶は曖昧。だが道を覚えていなくとも、周囲には俺と同じ制服を着た学生がたくさんいた。

彼らについていけば問題なさそうだ。

道には街路樹が多く、ビルの向こうにはこんもりとした緑と城の天守閣が見える。あの緑は城の周りにある広い公園で、PV撮影でも利用した。

「でさ、昨日の配信で――」

「え、うそー!」

先ほど同じ電車に乗っていた女子中学生たちも少し前を歩いている。

ランドセルを背負う小学生の一団も見えるので、この辺りには学校が密集しているようだ。

「ちょっ――返してよーっ!」

後ろから聞こえてくる慌てた声。

「あはははっ!　ぼーっとしてんのが悪《わり》ぃんだよ!」

「のろまーっ!」

振り返ると小学生男子が二人、こちらに駆けてくる。先頭の男子の手には白い帽子。

そして彼らに手を伸ばし、追いかけてくる女の子。

恐らく同級生なのだろう。小学四、五年生ぐらいに見える。

女の子は髪も肌も全体的に色素が薄く、体は華奢《きゃしゃ》。地味めな髪型と服装だが、よく見れば顔立ちはかなり整っている。

——可愛い子には意地悪したくなるってやつか。

小学生ならよくあること。

ただ、だからと言ってあまり気分のいいものじゃない。特に女の子が今にも泣き出しそうな様子では——。

「よっと」

男子小学生が俺の横を通り過ぎようとした瞬間に、その手から帽子を取り上げる。

「あっ⁉」

びっくりした様子で彼は立ち止まり、俺を見上げる。

「あんまダセーことするなよ」

「————」

俺の言葉に男子小学生二人は顔を真っ赤にし、何も言わずに走り去っていった。

「あ、あの……」

追いついてきた女子小学生が、怯《おび》えた様子で俺を見る。

「ほら」

俺は彼女の頭に帽子を載せると、すぐに背中を向けて歩き出す。

だがそこでグイッと後ろから服の裾を摑《つか》まれた。

「……？」

振り向くと、彼女はあたふたした様子で口をパクパクさせる。

何か言いたいことがあるようだが、言葉にならないらしい。

「礼なら別に——」

いらないと言おうとするが、彼女は大きく首を横に振った。

そして何か思いついたのか、ハッとした表情を浮かべ——ランドセルを下ろすと、給食袋と一緒に引っ掛けてあったキーホルダーを外す。

「こ、これっ……！」

必死に絞り出した声と共に、彼女はキーホルダーを俺の手に押しつけてきた。

反射的に俺はそれを摑む。

すると彼女はホッとした様子で微笑《ほほえ》み、俺から手を離した。

それから深々と一礼。

頭を上げた彼女は目が合うと顔を真っ赤にし、俺の横を抜けて走り去っていった。

手を開けば、そこには小さな白猫のぬいぐるみが付いたキーホルダーが収まっている。

——これが、お礼のつもりかな？

手に持っていてもアレなので、適当に鞄《かばん》の紐《ひも》につけておく。

別に感謝されたかったわけじゃないのだが。

やりたいことをしただけ。

これまでは、我慢して抱え込んできたことを、曲に乗せてぶちまけられた。

だけど今はもうできないから、モヤモヤを溜《た》め込みたくはない。

――歌いたくなったら、嫌だしな。

俺はこの変わり果てた声が嫌いだ。

Eternal Redで作った曲に、どうしてもこの声は合わない。

あまりにも理想から遠すぎる。

あるいは――オリジナル曲を作る前に声変わりしていたら、今もバンド活動は続けていたかもしれない。

けれど〝奇跡の声〟ではない俺の歌が、かつてのようにヒットすることはなかっただろう。

ソウタの声は、間違いなく才能と呼べるものだった。

それを失った俺に、何ができるかは分からない。

地元にいたら、いつまでもEternal Redの元ボーカルのまま。

だから誰も俺を知らない、この街で一から始める。

普通の高校二年生、藤波奏太として生きていく。

2

「転入生の藤波奏太君よ。ちゃんとした自己紹介はこの後全員でやるから、簡単に挨拶だけお願いできる？」

担任の教師に促され、俺は黒板に自分の名前を書いてからクラスメイトたちの方に向き直る。

「藤波奏太だ。藤波でも、奏太でも、好きに呼んでくれ。これからよろしく」

小さく会釈をして、反応を窺《うかが》う。

パチパチパチと少し遅れての拍手。

四月はちょうどクラス替えのタイミングでもあるので、転入生でもそれほど浮かないはずだ。

指定された俺の席は、真ん中の列の一番後ろ。

続いて順番に自己紹介が行われる。

言うべき項目は少なく、すぐに俺の前に座る女子生徒まで順番が回ってくる。

彼女が立ちあがると、赤いリボンで括《くく》ったポニーテールがぴょこんと揺れた。

「穂高塔子《ほだかとうこ》です。所属は写真部で、去年はボランティア委員をしてました。あと、特技と言えるレベルじゃないかもしれませんが、手芸が得意です」

はきはきと自己紹介をするポニテの女子生徒——穂高さん。

ボランティア委員というのは俺の学校にはなかったのでどんな役職かは分からないが、真面目そうな雰囲気は伝わってくる。

——俺の番か。

彼女が座るのを確認してから、俺は席を立った。

一番後ろの席なので、クラスメイトたちは振り返ってこちらを見る形になる。

「改めて、転入生の藤波奏太だ。部活も委員会も、前の学校では入ってない。特技は——」

自己紹介を始めるが、途中で一瞬詰まる。

歌、などとは答えられない。けれど自分にできるのは音楽に関することばかり。ギターやベースも少し齧《かじ》っているが、バンドと結びつくようなことを言うのはまずいだろう。

少し考えてから、俺は口を開く。

「……ピアノを子供の頃に習ってたぐらいだな。以上、よろしく」

俺の両親は教育熱心で、半ば強制的に通わされた習い事の一つにピアノがあった。

当時は先生もやたら怖いし辛《つら》いだけだったが、ピアノの経験がなければ音楽活動を始めることもなかったかもしれない。

「ピアノ弾けるの？」

俺が着席すると、前の席の穂高さんがこちらを振り向いて小言で問いかけてきた。

「まあそれなりに」

ピアノではないが、曲によってはキーボードで演奏しながら歌うこともあった。

「へー、すごいわね」

それだけ言うと、彼女は前に向き直る。

初めてクラスメイトと会話できたことに、少しホッとした。

そして全員の自己紹介が終わると、今度は学級委員などの役職を決める話し合いが始まった。

ただ案の定、皆面倒事は嫌らしくなかなか決まらないままチャイムが鳴る。

「この次もまたホームルームだから、引き続き相談しておいてね。立候補者が出なかったら推薦で、推薦された人が辞退したら、部活とかで無理な人を除いてクジ引きで決めることになるわよ」

先生はそう言って一旦教室を出て行った。

生徒たちが席を立ち、教室のあちこちで集団を作る。

「ねえ、藤波くん」

知り合いのいない俺は席から動かず様子を見ていたが、再び前の席のポニテ少女――穂高塔子が振り返って話しかけてきた。

「何、穂高さん？」

聞き返すと彼女は少し眉を動かす。

「あ、もう名前を覚えてくれたんだ」

「そっちこそ」

俺がそう返すと彼女は笑う。

「藤波くん、委員会に立候補しなかったけど何か——運動部とかに入るつもりだったりする？」

「いや、特には」

二年から部活動に入るのは、なかなかハードルが高い。まだ新たにやりたいことも見つかっていないので、部活は考えていなかった。

「ふーん、じゃあ放課後は彼女の相手で忙しかったり？」

「彼女なんていないよ。第一、俺は引っ越してきたばっかりだし」

俺の返答に彼女は笑う。

「それもそっか。あはは、鞄に可愛いキーホルダー付けてるから、彼女のプレゼントかなって思っちゃった」

彼女が示したのは、机の横に掛けてある学生鞄。その持ち手部分には、白猫のキーホルダーが付けられている。

「これは確かに貰《もら》い物《もの》だけど、そういうんじゃないよ」

今朝、助けた小学生の女の子がくれたもの。恐らくお礼だと思うので、穂高さんが思っているようなものじゃない。

「ふぅん。でも前の学校じゃ、カッコイイし」

「……どうだかな。ただ、カッコイイと言われたことはなかったよ」

背が低く華奢な〝ソウタ〟は主に可愛いという評価だった。

「またまた謙遜しちゃってー。でも放課後ヒマならさ、私と委員会活動をやってみない？」

「俺が……穂高さんと？」

突然の申し出に俺は戸惑う。

「うん。私は部活もあるから少し悩んでたんだけど、一緒にやれそうな人がいたら立候補したいなって思ってたのよ」

「どうして俺なんだ？」

誘われる理由がまだ分からない。

「ピアノが弾けるって言ってたから。あとカッコイイし」

笑顔で答える穂高さん。

「……カッコイイかどうかは置いておいて、ピアノを弾けるのが重要なのか？」

「私、やるなら去年と同じ委員会に入りたいの。そこではピアノが弾ける人がいるとかなり助かるのよ」

「去年と同じ委員会――」

確か彼女が自己紹介で言っていた気がする。

「ボランティア委員ね」

思い出す前に彼女が答えてくれた。

――俺がボランティア？

柄にもない。自分のやりたいことだけを追いかけてきた俺にとって、最も縁遠い言葉かもしれない。

ただ、ここから新たに始めるのなら……過去の自分と決別するのなら――。

らしくないことをするのも、悪くない。

何となく、そう思えた。

3

ピピピピピピピ――。

甲高く鳴り響く目覚まし時計の音。

「……くそ」

俺はぼやきながら手探りでベルを止め、二度寝してしまう前に上半身を起こす。

時刻は午前七時。

平日なら起きる時間だが、今日は日曜。

本来であれば、どれだけ寝坊しても問題はない。

独り暮らしなので、誰かに叩《たた》き起《お》こされることもない。

けれど俺には早起きしなければならない理由があった。

眠い目を擦《こす》りながらベッドから下り、まっすぐ洗面所へ。

顔を洗うと少しだけ意識がはっきりした。

鏡には髪に寝癖がついた俺の顔が映っている。眼鏡は伊達なので、家にいる間はつけていない。

部屋に戻ってカーテンを開ける。

朝の光と共に目に飛びこんでくるのは、まだ見慣れぬ街の景色。

学校最寄りの雛野駅から二駅ほど離れた場所にあるワンルームマンションの四階。そこが四月からの俺の住処《すみか》。

できれば学校から徒歩圏内に住みたかったのだが、独り暮らしの高校生を受け入れてくれる物件は思ったよりも少なく、大学生用マンションである此処《ここ》に落ち着いた。

トースターに食パンを入れ、焼き上がる前に手早く制服に着替える。

テレビをつけると、子供向けの特撮ヒーロー番組がやっている。

――意外と面白いな。

それを観ながら朝食を終わらせ、髪を簡単に整えてから伊達眼鏡を掛け、家を出た。

平日に比べると道も電車も空いている。

雛野駅に着き、改札を出たところで俺は辺りを見回した。

――ここで待ち合わせって話だったが。

すると後ろからトンと背中を叩かれる。

「おはよー、藤波くん。同じ電車だったみたいね」

振り向くと穂高さんが明るい笑顔を浮かべていた。

身に着けているのは学校の制服。

お互い私服じゃないのはこれが〝委員会活動〟だからだ。

髪型も普段と同じくポニーテールだが、括るリボンがいつもより大きく可愛いのは、彼女なりのお洒落《しゃれ》なのだろう。

「おはよう、穂高さん。方向一緒なのか、知らなかったよ」

俺が挨拶を返すと、彼女は興味深そうに問いかけてくる。

「どこの駅から乗ってるの？」

「鳩森《はともり》」

自分の住むマンションの最寄り駅を答えた。

「あ、私はもうちょっと向こうよ。鷲見《すみ》駅」

そう言いながら彼女は歩き出す。

「中学までは鷲見だったから、この辺りは詳しくなかったんだよね。児童館へ行くのも迷っちゃってたし。だから藤波くんも案内してあげなきゃって」

「正直助かったよ。で——今回はその児童館でボランティアをするんだっけ?」

俺が確認すると彼女は頷《うなず》いた。

「うん。金曜の委員会で聞いた通りだけど……ちゃんと覚えてる?」

「……まあ、大体は」

委員会顧問の先生の話がとにかく長くて途中から眠気に負けそうだった。

一応聞いていたつもりだが、記憶が欠けている部分もある。

そんな俺の自信のなさを返答から見抜かれたらしく、穂高さんは苦笑した。

「じゃあ念のためにもう一回私が説明してあげる。まずボランティア委員っていうのは、雛野にある小中高の学校が連携して取り組んでる活動でね。小学四年生から高校二年生までの各クラスから二名選ばれて、色んなボランティアに割り振られるの」

自分と俺がそうだと、穂高さんは指で示す。

「穂高さんは中学まで鷲見の学校だったんだよな? じゃあ高校で初めて?」

そこが気になって問いかける。

「ええ、去年は推薦されて断り切れなくて――って感じだったけど、やってみたら意外と楽しかったし、やりがいもあったわ」

「へえ……俺は正直ちょっと後悔してるよ。休日に早起きしなきゃいけないのは、結構辛い」

溜息を吐いて本音を言う。

「あはは、私も最初はそうだったわ。でもホント楽しいから！　藤波くんのおかげで去年と同じく児童館の担当にしてもらえたし！」

「俺のおかげで？」

「うん、ピアノが上手《うま》かった職員さんが結婚してやめちゃってね。合唱とかする時の伴奏に困ってたの。やっぱりＣＤより生演奏の方が子供に合わせやすいもん」

少し寂しそうに彼女は答える。その職員と仲がよかったのかもしれない。

――じゃあ俺がその人の代わりにピアノを弾くことになるのか。

歌うのは御免だが、音楽自体が嫌いになったわけではない。

バンド活動からは縁遠いピアノなら、気分転換になりそうだ。

「ふぅん、そういうものなのか。ちなみに……児童館ってどういう施設なんだっけ？　いや、俺の街にもあったけど――詳しくは知らなくて」

打ち合わせの時には、あまりに初歩的過ぎるかと思って口にできなかった質問をぶつけてみる。

「仕事で親の帰りが遅い家の子供を、夕方まで預かってくれる施設よ。今から行くところは小学三年生までね」

俺の質問を馬鹿にすることなく、真面目に答えてくれる穂高さん。

「へえ、確かにそのぐらいの年齢だと一人にするのは心配だろうしな」

「そういうこと。だから児童館が開いてるのは、基本的に平日だけ。今日は〝日曜レクリエーション〟っていう特別な催しよ。新しいボランティアの顔見せも兼ねて、皆で子供たちと遊ぶの」

よほど楽しみなのか、彼女の声は弾んでいる。

「遊ぶ？　世話をするじゃなくて？」

「子供相手だと、その二つは同じことなんだよねー。ま、実際に体験すれば分かるから」

くすくすと笑って彼女は少し歩調を速めた。

そうして辿《たど》り着《つ》いたのは、木々が生い茂る広い城郭公園。その横——というか公園内の一区画に児童館はあった。

思っていたよりも広い。

そこ自体が都会のちょっとした公園ぐらいな敷地《しきち》がある。

奥に見えるコンクリート製の建物は年季が入っていて、いかにも公共の施設という雰囲気が漂う。建物前の広場には子供用の遊具が並んでいる。

敷地は高いフェンスで囲われており、入り口にはしっかりとした鉄製の扉があった。子供を預かる場所なので、防犯意識は高いらしい。

入り口の前にはエプロンをつけた職員らしき女性が立っていた。

四十代半ばぐらいの、ふっくらとした体型で優しそうな印象の女性だ。

彼女は俺たちの方を見ると、表情を緩める。

「――穂高さん、こんにちは。ボランティア委員を続けてくれて嬉《うれ》しいわ。経験者がいるとすごく助かるし」

「こんにちは、館長さん。そう言ってもらえると嬉しいかも」

照れ臭そうに穂高さんは頭を掻《か》く。

そこで館長と呼ばれた女性が俺に視線を向ける。

「こちらは……新しい人ね。私はここの館長をしている佐々木麻里《ささきまり》。あなたのお名前は？」

「藤波奏太です。よろしくお願いします」

ここはちゃんと敬語で挨拶しておく。

「藤波くん、よろしくね。じゃあ二人とも、規則だから生徒手帳を見せてもらってもいい？」

館長に促されて生徒手帳を見せると、彼女は手に持っていた名簿帳に丸を付けた。

「ありがとう。実はあなたたちが一番乗りなのよ。しばらく会議室で待っていてくれるかしら」

鉄の扉が開かれて、俺たちは児童館の敷地に入る。

子供たちがやってくるのはまだ後の時間らしく、辺りはしんと静まり返っていた。

「こっちよ」

穂高さんに先導されて建物の中へ。

エントランス正面には低い柵で囲われたスペースがあり、屋内用の遊具が置かれていた。左手にも広い部屋があり、窓からちらりと中を覗《のぞ》いてみると奥にピアノが置かれているのを見つける。

館長が言っていた会議室は、建物の一番奥まった場所にあった。

教室の半分ぐらいの広さで、中央に長机が置かれ、周囲にパイプ椅子が並んでいる。

俺は置かれた椅子の数を見て言う。

「ここに来るボランティア委員はそんなに多くないのか？」

「ええ、去年は五人だったわ。老人ホームとか図書館とか公園の清掃とか——他にも色んなところでボランティアの仕事はあるから」

パイプ椅子に腰かけつつ穂高さんは答えた。

「……どれも大変そうだな」

休日に駆り出されて後悔したが、まだ楽な部類なのかもしれない。

そうして会議室で待機していると、控えめなノックの音がして扉が開く。

恐る恐るといった様子で顔を出したのは、小学生と思われる女の子。
四、五年生ぐらいに見えるので、児童館に通う子ではなくボランティア側だろう。
「し、失礼します……」

緊張した声で挨拶する彼女だったが、穂高さんを見ると途端に安堵《あんど》の表情を浮かべる。

「あ――塔子お姉ちゃん！　よかったぁ……知ってる人がいて」

名前を呼ばれた穂高さんも嬉しそうに笑う。

「おはよう、ソラちゃん。またボランティア委員になったのね」

「うん。委員にならなくても、どうせ来るから――」

そう答えたところで、彼女は穂高さんの横に座る俺を見た。

「あっ」

何故《なぜ》か驚いたような声を上げる彼女。

「ん？」

まるで俺を知っているかのような反応にドキリとする。

――まさか Eternal Red のファンか？

正体を見破られたのかと焦るが、これまで誰にもバレなかったのだからと思い直す。

というかソラと呼ばれた女の子には、見覚えがある気がした。

髪も肌も色素が薄く、可愛らしく整った顔立ち……どこかで会ったような――。

彼女は俺が脇に置いていた鞄の方をちらりと見てから口を開く。

「あ、あの、もしかしてあの時の――」

けれど彼女が言葉を言い終える前に、新たな人物が部屋に入ってくる。

「おはようございまーす！」

元気よく挨拶したのは、長い金髪をツインテールに纏《まと》めた少女。

私服なので小学生なのだろうが、発育が良く、先ほどの女の子よりは年上に見える。

髪色からしてハーフなのかもしれない。

そこに黒いゴシック系な服を着た小学生の女の子を連れて館長もやってきた。

「これで全員ですね。皆さん、適当なところに座ってね。打ち合わせの前に、まずは自己紹介をしましょう」

館長に促され、三人の女の子たちは着席した。

ソラという子が何を言おうとしたのか気になったものの、今は後回しにするしかない。

――これで五人。三人が小学生で、高校生は俺と穂高さん。男は俺だけか。

別に緊張はしないが、少しばかり居心地は悪い。

「じゃあ席順で、右回りでお願いできる？」

館長はそう言って俺たちを促す。

右回りだと一番最初は――。

ガタンと大きな音を響かせて立ち上がったのは、先ほど俺と穂高さんに続いて部屋に入ってきた小学生の女の子。

「わ、わたしは……白瀬空《しらせそら》といいます。雛野小学校五年三組です。ぜひ名前で……〝ソラ〟って呼んでください……！　塔子お姉ちゃんと一緒で、去年もボランティア委員でした。よろしく……お願いしますっ……！」

挨拶をすると恥ずかしそうに俯《うつむ》く。

――ソラちゃんか。

透明感のある彼女によく似合う名前だ。

やはり見覚えがあるような気がするのだが……。

まじまじと彼女を見つめていると、椅子に座って顔を上げた彼女と目が合う。

すると彼女は顔を真っ赤にして再び俯いてしまった。

悪い事をしてしまった気がして俺は頭を掻く。

続いて自己紹介するのは穂高さん。

「私は穂高塔子。雛野高校の二年生。去年もここでボランティアをしてたから、分からないことがあったら何でも聞いてね」

次は俺の番だ。穂高さんと同じクラスで、ピアノ要員として配属された――らしい。よろ
「藤波奏太だ。しく」

小さく会釈すると、金髪の女の子が声を上げる。

「わーっ！　イケメンだぁ！　ねえねえ、眼鏡取ってみてよーっ！」

「い、いやそれは……」

変装のために掛けている伊達眼鏡なので、外すのは抵抗があった。

するとゴシック少女が、隣の金髪少女の頭をパシンと叩く。

「いきなり失礼ですわよ。藤波さん、このアンポンタンの言うことは気にしないで構いませんから」

「誰がアンポンタンだぁーっ！」

「あなたしかいないでしょう。ほら、早く自己紹介しなさいな」

文句を言う金髪少女に平然と言い返すゴシック少女。

どうやらこの二人は元から知り合いらしい。

「うーっ……分かったよぉ」

恨めし気にゴシック少女を見つつも、彼女は立ち上がる。

「えーっと、あたしは雛野小学校六年一組、桜乃美沙貴《さくらのみさき》だよ！　あたしもソラちゃんみ

たいに名前で美沙貴って呼んでくれると嬉しいな！」

　気を取り直して元気よく自己紹介をする彼女――美沙貴ちゃん。

「好きなのは図工と体育！　嫌いなのは他の授業全部！　最近ハマってるのはネイルアートで――ほら、目立つと先生に怒られるから小指にだけ……きゃうっ⁉」

　左手小指に描かれたネイルアートを見せようとした彼女だったが、またもや横からパシンと叩かれて悲鳴を上げる。

「ちょっと紫苑《しおん》！　いきなりお尻叩かないでよーっ！」

「皆さん自己紹介は手短に纏めていたでしょう。もう十分ですわ」

　澄ました顔でゴシック少女は答え、立ちあがる。

「わたくしは美沙貴と同じクラスの東雲《しののめ》紫苑。このアンポンタン共々ご迷惑を掛けるかと思いますが――何分《なにぶん》初めてのことなので、お手柔らかにご指導お願いいたしますわ」

　小学生とは思えぬ丁寧な喋《しゃべ》り方で彼女――東雲さんは挨拶をした。

　物腰が大人びているため、彼女に関しては〝ちゃん付け〟で呼べそうにない。

　これで全員の自己紹介は終了。

　美沙貴ちゃんと東雲さんが着席すると、館長がパチパチと手を叩いた。

「自己紹介ありがとう。あなたたち五人はこれから一年間、一緒にボランティア活動をする仲間よ。協力しながら少しずつ仲良くなっていってくれると嬉しいわ」

彼女の言葉に俺たちは頷く。

「それじゃあレクリエーションの打ち合わせを始めましょうか」

こうしてあまりにも〝らしくない〟俺のボランティア活動は幕を開けたのだった。

4

朝の九時半からレクリエーションは始まった。

「このお兄さんお姉さんたちが、これから一年間一緒に遊んでくれますよー」

館長がそう言って俺たちを紹介する。

ピアノのある大広間には大勢の子供が集まり、壁際にはその保護者が様子を見守っていた。

――てっきり子供だけかと思ってたけど、親も来るんだな。

休日だからこそ、なのだろう。

今回の顔見せは、保護者へ向けてのものでもあったらしい。

まずは自己紹介。

穂高さんとソラちゃんの時には、子供たちから歓声が上がった。

「トーコ姉《ねえ》だーっ！」

「ソラちゃんもいるーっ！」

どうやらこの二人は人気らしい。

はしゃぐ子供たちの中には幼稚園ぐらいの子もちらほらいた。

平日の児童館は小学校低学年の子のための場所だが、今回のレクリエーションにはそうした制限はないようだ。

「じゃあ最初は、みんなで輪になって踊りましょう。さあさあ手を繋《つな》いでー」

自己紹介が終わると館長は手を叩いて呼びかける。

すると子供たちが一斉に駆け寄ってきた。

「兄ちゃんゲットー！」

「あ、ずるーい！」

男は警戒されるかもと思っていたが、むしろ取り合いになる勢いで纏《まと》わり付かれる。

すると少し離れていたところでそれを見ていた女の子が、皆を掻き分けて俺の手を摑む。

「このお兄ちゃんは、しのぶのなのー！」

集まった子供の中では年長な方——恐らく小学三年生ぐらいの彼女は、そのまま俺の腕に抱きついてくる。

高そうな子供服を着ていて、髪を頭の左右でお団子にした可愛らしい子だが、気は強そうだ。

後からやってきたのを見るに、他の子に人気なものが欲しくなるタイプなのかもしれない。

「しのぶ独り占めすんなよー！」

すると別の子供に反対側の手を摑まれる。

「お、おい、両側から引っ張るなって」

子供の力は思いの外強く、俺はされるがままになってしまう。

あっと言う間に輪ができあがり、音楽プレイヤーからマイムマイムが流れ出す。

そこからはひたすらぐるぐる回ったり、輪を縮めたり広げたり——子供の背丈に合わせて中腰になりつつ、周りの動きに合わせる。

子供たちは楽しそうに笑い、時に自分勝手な動きをしつつも、輪だけは崩さずに踊っていた。

——め、目が回りそうだ。

音楽がループで流れ続けるため、次第に頭がくらくらしてくる。

館長がメロディを止めた頃には、足もふらついていた。ずっと屈み気味だったせいもあるのだろう。

「次はみんなで歌を歌いましょうー！」

そう言って俺に視線を向ける館長。

ついに出番だ。

自分の頬を両手で叩いて意識をはっきりさせる。

打ち合わせで何を演奏するかも決めてあった。

幼い頃ピアノコンクールに出ていた時の癖で、座る前に一礼してしまう。

畏《かしこ》まる場でもないのにと恥ずかしくなったが、保護者には受けが良かったらしく、パチパチと拍手が鳴った。そこで子供たちの注意も俺に向く。

「お兄ちゃん弾けるのー？」

さっき手を繋いで踊った女の子が声を掛けてくる。

「ああ、皆が知ってる曲を弾くから元気よく歌ってくれ」

子供たち全員に聞こえるように声を張って答え、鍵盤に指を置く。

譜面はないが、頭の中にある曲なら問題ない。

事前にＣＤで予習もしてあった。

メインメロディをアレンジした即興のイントロを弾き始めると、子供たちはすぐに何の曲か分かったようだ。

最初は王道、ドレミの歌。

子供たちの様子を見ながらイントロを盛り上げていく。この辺りはバンドで活動していた時と同じ。

観客と一緒に作り上げるのがライブ演奏だ。
音の抑揚で〝今だ行くぞ〟と語りかけ、曲に入る。
子供たちはばっちりタイミングを合わせて歌い始めた。
元気のいい歌声が響く。
音程はバラバラで、ただ怒鳴るように歌っている子もいるが、別に問題はない。
これは彼らが楽しむためのライブだから。
――いいな。
笑顔で好き勝手に、とにかく楽しそうに歌う子供を見て、羨ましく思う。
だけど俺はもう歌えない。
歌いたくても、歌えない。
自分の歌声が、聞くに堪えないから。
――暗くなるな。音が淀《よど》む。
楽しいライブを作るために自分を律する。
それから五曲連続で演奏し、合唱の時間は終了となった。
ピアノを離れて皆のところに戻ると、穂高さんが拍手で出迎えてくれる。
「すごいじゃない！　思ってた以上に上手くてびっくりしちゃった！」
「……上手いって言っても、簡単な曲ばっかりだったからな」

そこまで褒められるような演奏ではないと、首を横に振った。

ピアノに関しては俺より上手いやつが同年代でも山ほどいた。途中で習うのをやめたのはそれが理由。

「藤波さん、お疲れ様でした。とても……素敵な演奏でしたわ」

自己紹介では大人びていた東雲さんだったが、少し興奮した顔で手を叩く様子からは、子供らしいところが垣間《かいま》見えた。

「カナ兄《にい》、最高だったよーっ！」

元気な美沙貴ちゃんはぴょんぴょん飛び跳ねながら言う。

――か、カナ兄……？

今までされたことのない呼び方に戸惑っていると、横から控えめに制服の袖を引っ張られる。

そちらを向くと白瀬空が俺をじっと見つめていた。

「ん？　えっと……ソラちゃん？」

名前で呼んで欲しいと言っていたのを思い出し、そう呼びかける。

「あ、あの……すごく、楽しい演奏でしたっ……！　わたしもつい一緒に歌っちゃって……何だか体がポカポカしてます」

確かに彼女の顔は上気し、額には汗の粒が浮かんでいた。

バンドのライブが終わった時、観客はこんな顔をしていた。

それはライブが成功した証《あかし》。

「ありがとう、嬉しいよ」

感謝の意を込めて、彼女の頭にポンと手を置く。

「あ——え、えっと、あの……」

ソラちゃんが何か言おうとしたが、そこで館長の声が聞こえてくる。

「みんな思いっきり歌って喉が渇いたでしょう。飲み物を用意してあるから少し休憩ね。休憩が終わったら朗読劇を始めるわ。おトイレも忘れないように」

それを聞いた穂高さんが口を開く。

「私たちも準備しないとね。台本を取りに一旦戻りましょう」

「あ、ああ」

会議室に行く流れになり、ソラちゃんとの会話は途切れてしまった。

そして十分後。

俺たちは再び広間に戻って朗読劇を始める。

劇とは言っても、大仰なものではない。

館長がナレーターとして物語の地の文を担当し、ボランティア委員がそれぞれ作中の登場人物を担当するという形式。

「むかしむかしあるところに、優しい王様が治める平和な国がありました。けれどそこに悪い大鴉《おおがらす》がやってきて、王様をさらってしまったのです――」

長年の経験なのか、館長は流暢《りゅうちょう》に地の文を読み上げる。

この物語のタイトルは〝からすのおう〟。

以前ボランティア委員をしていた人物が書いたオリジナルの童話らしい。

ストーリーは大鴉に攫《さら》われた王様を女騎士が救いに行くというシンプルなもの。

「我が王に捧《ささ》げた剣に誓います。必ず私が大鴉を倒し、王を助け出してみせましょう」

女騎士役の穂高さんが凛《りん》とした声で台詞を読み上げる。

――上手いな。

彼女も去年の経験があるからか、芝居が堂に入っていた。

これまで俺はこんな風に感情を込めて物語を朗読したことはない。

国語の授業で強制的に読まされることはあったが、その時は淡々と朗読するのが普通だった。

下手に感情を込めると、何をはりきっているのかと笑われてしまうから。でも――。

「ああ、騎士様！　あたしも連れて行ってください！　あの大鴉には森の狩人《かりゅうど》たちも困っているのです！」

女騎士の仲間になる狩人役の美沙貴ちゃんは、拙《つたな》いながらに一生懸命声を張って頑張っている。

「ふふふ、目障《めざわ》りな騎士め。ここは通さぬぞ！」

東雲さんには少し照れがあるようだったが、それでも真剣に大鴉の配下を演じている。

そしてソラちゃんは――。

「わたしはこの聖なる泉の妖精です。大鴉を倒すには、泉に眠る聖剣が必要となるでしょう」

その瞬間、ぞくりと背筋が震えた。

自分の目で見ていたはずなのに、一瞬誰の声か分からなかった。

これまで恥ずかしそうに、抑えた声で喋っていた彼女が、ちゃんと大きな声を出しただけ。

でもその声質は、こうして俺がぎょっとするぐらいに際立っている。

ありえないぐらいに透き通っていて、かつ甘い幼さを感じる響き。

アニメっぽい――と表現するのも適切ではない気はするが、感覚的には近い。

ソラちゃんの声は、テレビの向こう側からしか聞こえてこない類の、非日常的な異質さを感じさせた。

朗読自体は穂高さんほど上手くはないけれど、懸命に感情を込めて読もうともしている。

――これは、俺もいい加減なことはできないな。

適当に済ませるつもりはもちろんなかったが、張り切り過ぎるつもりもなかった。
でもこの朗読は本気でやらなければいけない場面だと、皆を見て気付く。
俺は悪い大鴉役。
後半から登場し、そこからの台詞は多い。
——皆みたいに、ちゃんと感情を込めて読んでみるか。
それぞれの台詞を読み上げる皆を見て、少し〝歌みたいだな〟と思う。
文字に心を乗せて音にする。
そのプロセスは歌も朗読も変わらない。
違いはメロディがあるかどうかだけ。
——歌に似ているけれど、歌じゃない。それならこの声でも……。
聞くに堪えなくても、耳障りでも、汚くても構わない。
大事なのは、役に合っていること。
その役として感情を込めること。
「ようやく見つけたわよ！　大鴉！」
そこで穂高さんの凛々《りり》しい声が響く。
俺の番がやってきた。
すーっと息を吸い、沈黙を溜めてから声を出す。

できるだけ重々しく、女騎士への敵意を込めて。

「…………よくぞ来た。愚か者どもよっ！」

ひゃあっ！　と子供たちから悲鳴が上がった。

俺の恐ろしげな演技にびっくりしてくれたらしい。

だが横を見ると穂高さんたちまで目を丸くしている。

何をやっているんだと目配せすると、彼女は慌てて自分の台詞を読み上げた。

「ま、負けません！　この聖剣の力で――」

そうして朗読は再開され、女騎士とその仲間たちが大鴉と戦うパートが始まる。

結果は当然、大鴉を倒してのハッピーエンド。


「見事だ……」

俺は大鴉としての最後の一言に、混じりけのない賞賛を込める。

朗読はやってみるとかなり楽しかった。

皆の演技に力が入っていることもあり、本当に力の限り戦ったかのような満足感がある。

物語が終わると、保護者の間から拍手が響き、それに釣られるようにして子供たちも一斉に拍手をしてくれた。

この朗読劇でレクリエーションは終わり。

時刻は正午。

保護者と共に子供たちは去っていき、ボランティア委員も後片付けをしてから解散となる。

「今日は本当にお疲れ様。こういうレクリエーションは月に一回、休みの日にやるからその時はまた力を貸してちょうだいね。平日に関しては、それぞれ時間がある時に来て、子供たちと遊んでくれるだけで構わないわ」

会議室で俺たちを労《ねぎら》う館長の言葉に、俺は疑問を抱く。

「あの、平日のノルマというか……シフトみたいなものはないんですか？」

俺の質問に館長は笑う。

「ないわよ。本当に人手が足りないのはレクリエーションの時だけだから。平日まで強制参加にしたら、さすがに負担が大きすぎるでしょう。ボランティアは、無理をしてまでやるものじゃないのよ」

優しい言葉にホッとするが、そこで横から穂高さんに肩を叩かれる。

「でも出席は確認されるし、あまりにサボっていると内申に響くかもしれないわよ？　週に一回ぐらいは顔を出すのをおススメするわ」

「……了解。覚えとく」

ありがたい忠告に俺は頷いた。

そうして解散の流れになるが、会議室を出ようとしたところで呼び止められる。

「あ、あのっ！　藤波さん！」

振り向くとソラちゃんが俺を真剣な表情で見つめていた。

穂高さんも俺に釣られて足を止めたが、他の皆は扉から外に出て行く。

三人だけになった会議室で、俺はソラちゃんに言う。

「――名前で、奏太でいいよ。ソラちゃんのこともこうして名前で呼んでるし」

「え？　あ、は、はい……か、カナタ……さん」

ぎこちなく俺の名前を口にする彼女。何故か俺の持つ鞄をチラチラと気にしていた。

「うん、それで何か用？」

笑みを浮かべて問いかける。

もしかして最初に会った時、何か言いかけていたことだろうか。

「そ、その……えっと、カナタさんって……もしかして――」

「もしかして？」

俺が促すと、彼女は思い切った様子で口を開く。

「ぷ、プロなんですかっ……!?」

「な――」

頭の中が真っ白になる。

「プロ？」

俺の隣できょとんとしている穂高さん。

――まさか、バレたのか？　いったいどうして……。

冷や汗が背筋を伝う。

気付かれたのだとしても、傍《そば》に穂高さんがいる状況で俺が〝Eternal Red のソウタ〟だと暴露されるのはマズイ。

何とか誤魔化す方法はないかと頭を回転させるが――。

「カナタさんは……プロの声優さんなんでしょうか……!?」

続いて重ねられたソラちゃんの問いに、俺の思考回路はショートした。

――せ、声優？　いったい何を言って……。

「あの、どうしてそんなことを？」

混乱しながら俺は聞き返す。

「だ、だって……さっきの朗読――本当に、とってもとってもすごくて……！」

か細い声で彼女は答えた。

今は朗読の時のような異質さは感じない。

そこで隣の穂高さんが同意する。

「そうね、声量とかやばかったし最初びっくりしちゃった。子供たちが本当にビビっちゃうぐらい怖い話し方だったわ」

「そ、そんな言うほどか？」

彼女たちの評価に俺は戸惑う。

確かに、初めてにしては上手くできた気はした。

子供たちの反応も良かったが、ここまで言われるとは予想外。

――それに俺なんかよりソラちゃんの方が……。

彼女の朗読を聞いた時に感じた身震いを思い出す。

だがソラちゃんは俺の気など知らずに、大きく頷く。

「はいっ！　生でこんな凄《すご》い演技を聞いたのは初めてです……！　プロの声優さんとか……養成所に通ってる方だとしか……！」

「いやいや、そんなことないって。声優の経験なんて全くないよ」

はっきりと正直に答える。

確かに声量だけは素人の範疇《はんちゅう》ではないのかもしれない。

何しろメジャーデビューまでしたバンドの元ボーカルなのだ。

声変わりをしても声量自体は昔のまま。

そういう意味ではプロレベルだが、他のスキルは素人で間違いない。

「う、うそ……」

信じられないという様子で瞬きするソラちゃん。

「嘘じゃないって。まあ、褒めてくれるのは嬉しいよ。ありがとう」

苦笑しつつ礼を言う。

これで話は終わり。

そう思ったのだが——。

「ぷ、プロじゃなくてもいいです！　わたしに声優になるためのレッスンをしてください！」

ソラちゃんは真剣な表情で、そんなとんでもないお願いをしてきたのだった。

第二章　個人レッスン

1

「じゃあ私、友達の家に寄っていくから――この辺りで」

レクリエーションが終わり児童館を後にした俺と穂高《ほだか》さんは、一緒に大通りまでやってきた。

本来なら電車まで帰り道は同じなのだが、彼女には用事があるらしい。

「ああ、今日はありがとう。これからも色々とよろしく」

児童館まで案内してくれたことも含めて、彼女には世話になってしまった。

「うん、こちらこそ。藤波《ふじなみ》くんを相棒に選んでよかったわ。ピアノが弾けて、カッコ良くて――あと子供も懐いてたから良《い》い人なんだろうし、もう候補として満点よ」

「候補……って何のだ？」

そう聞き返すと、彼女は顔を赤くして手を振った。

「あっ！　な、何でもない何でもない！　こっちの話だから。じゃあまた明日、学校でね！」

穂高さんは動揺を見せながらも、笑顔で走り去っていく。

——よく分からない部分もあるけど、良い人なのは穂高さんの方だな。

彼女みたいな人物が同じクラスにいたことは、俺にとって大きな幸運だ。

早起きは辛《つら》かったが、今はボランティア委員になったことを後悔してはいない。

何故《なぜ》なら今日の活動は、本当に楽しかったから。

後はこの満足感を抱えて帰るだけ。

時刻は十二時を回ったところなので、途中で昼食を食べてもいいだろう。

ただ……。

俺はちらりと後ろを振り返る。

穂高さんは気付いていなかったようだが、十数メートル離れた電信柱の陰からこちらを窺《うかが》う人物がいる。

『わたしに声優になるためのレッスンをしてください！』

俺にそんなお願いをしてきた少女——白瀬空《しらせそら》。

『ごめん、無理だ』

そして俺はそう答えた。

当然だ。

レッスンをするも何も、俺は全くの素人なのだから。

しかしあの様子では、まだソラちゃんは諦めていないらしい。

――いや、それとも単純に帰り道が同じなだけか？

俺に断られた手前、顔を合わせづらくて隠れている可能性もある。

なのでとりあえず駅に向かうことにした。

だが駅に着き、改札を通る時に後ろをちらりと振り返ると、ソラちゃんが慌てて柱の陰に隠れたのが見えた。

――小学生でも電車通学の子はいるよな。

公立なら基本的に徒歩圏内だと思うのだが、学区の広さによっては電車を使う子もいるだろうと一先《ひとま》ず自分を納得させる。

しかし――彼女が俺と同じ駅で降りたとなれば話は別だ。

下手な尾行を続けるソラちゃんを横目で見つつ、俺は溜息《ためいき》を吐く。

これはもう、彼女の目的は間違いなく俺。

放っておいたら家まで着いて来かねない。

改札を出たところで、今度は俺が駅の出口の角に身を隠す。

俺を見失ったソラちゃんは焦ったのか、走って俺の前に飛び出してきた。

「ソラちゃん」

通り過ぎかけた彼女に声を掛ける。

「えっ⁉　あ――」

しまったという顔で立ち止まる彼女。

「奇遇だね。ソラちゃんの家もこの辺りなのかな？」

「そ、それは……」

しどろもどろになる彼女を見て、意地悪はこれぐらいにしておくかと苦笑する。

「実を言うと、ソラちゃんがついてきてるのは気付いてたんだ。帰り道が同じなのかと思ってたんだけど……違うなら何か用があるのかな？」

身を屈《かが》め、なるべく視線の高さを合わせて問いかけた。

「えっと……ご、ごめんなさい……その……レッスンのこと……断られたから……」

気まずそうに彼女は謝り、とても小さな声で何か言い訳をする。

「そのことなら、何度頼まれても――」

「ち、違うんです……！　直接、教えてもらえないなら……見て、覚えようって。寿司《すし》職人さんの弟子は、そうやって仕事を覚えるってテレビでやってて……だから、カナタさんを観察してみようって……」

懸命に彼女は事情を語った。

「寿司職人と声優は一緒にしない方がいいと思うけど――」

手の技術は見様見真似《みようみまね》ができるかもしれないが、体の内側から出す声の技術は見て覚えられるものなのだろうか。

「……そうなんですか？　で、でも、何かのヒントになるかもしれないし……わたし、カナタさんみたいになりたいから……」

彼女は冗談を言っている顔ではない。

必死で、藁《わら》をも掴《つか》もうとしている心境であることが伝わってくる。

きゅるるる～。

その時、可愛《かわい》い音がソラちゃんのお腹《なか》から鳴った。

「はぅ……」

恥ずかしそうにお腹を押さえて、顔を真っ赤にするソラちゃん。

「お腹が空いたのなら、こんなことしてないで早く家に帰った方がいいよ。親が心配してるだろ？」

俺はそう勧めてみたが、彼女は首を横に振った。

「だ、大丈夫です。親はいつも家にいないので……」

――いつも家にいない？

そこが引っかかったが、他人の家庭事情に首を突っ込むのは躊躇《ためら》われる。

「じゃあご飯はどうするんだい？」

「家に帰ったらカップラーメンがあります。で、でも、今すぐ食べなくても全然平気です」

強がる彼女だったが、またもや彼女のお腹から小さな音が鳴る。

――お腹が減ってるのに、まだ俺の観察を続けるつもりなのか？

こんな状態の彼女を放っておけないし、ここまでする理由も気になってきた。

「でも俺はもう腹がペコペコだ。これ以上立ち話もなんだし、そこのファミレスで一緒にお昼にしないか？」

鳩森《はともり》駅の目の前にあるファミリーレストランを俺は示す。

「え？　だけどわたし、お小遣いが……帰りの電車賃分しかなくて……」

「大丈夫、奢《おご》るよ」

「でもそんな……」

申し訳なさそうにする彼女に俺は笑みを向けた。

「どうしてそこまで一生懸命なのか、話を聞きたくなったんだ。ランチ一回で取材を受けてもらえるかな？」

冗談めかして言うと、ソラちゃんは目を丸くする。

――こんな風に、俺も飲食店で取材を受けたことがあったな。

嵐のようだったあの日々が懐かしい。

「しゅ、取材？」

「ああ、足りないならデザートもつけるよ」

「い、いいえ、ランチだけで十分です……！」

「よし、じゃあ行こう」

話は決まったとソラちゃんを促す。

戸惑いながらも彼女は狭い歩幅で俺を追いかけてきた。

2

小学生の女の子と二人で入って変な目で見られないか少し心配したが、店員は何も言わずに席へ案内してくれた。

もしかすると年の離れた兄妹《きょうだい》に見えたのかもしれない。

「わぁ……！」

対面に座るソラちゃんは、メニューを広げて顔を輝かせている。

「何でも頼んでいいよ。あ、でも意外に量が多いからライスは少なめにしてもらった方がいいかもね」

小柄な彼女の身体《からだ》を見ながら言う。

「は、はい……分かりました。でも……美味《おい》しそうなものばかりで……すごく迷っちゃいます」

興奮した様子のソラちゃん。

「あんまりファミレスには来ないの？」

「はい——というか外食をほとんどしたことがなくて……」

「へえ、じゃあドリンクバーも知らなかったり？」

「どりんくばー？」

　きょとんとするソラちゃんに説明する。

「料金を払えばドリンクが飲み放題になるサービスがあるんだよ」

「ええっ⁉　どれだけ飲んでもいいんですか⁉　時間制限は⁉」

　朗読の時ぐらいの大きな声でソラちゃんは叫ぶ。

「どれだけ飲んでも大丈夫。時間制限は……場所にもよるけど、ここはなかったと思う」

「すごい……楽園じゃないですか……！」

　大げさに感動している彼女を見て苦笑する。

「まあな。ドリンクバーでずっと居座る客も珍しくないよ。混雑してきたら追い出されたりすることもあるけどさ」

　かく言う俺も、バンド仲間とファミレスに集まり、何時間も打ち合わせをしたり、どうでもいい話で盛り上がったりした。

「じゃあ、私……そのドリンクバーだけでも……」

「いや、飲み物じゃ腹は膨れないだろ」

何か食べ物を注文するよう促すと、彼女はうんうん唸《うな》った末にハンバーグプレートと小ライスを選んだ。

俺はハヤシライスにし、二人分のドリンクバーをつけて注文する。

「それで――どうして俺なんかをそこまで手本にしたがるんだ？」

メニューを元の位置に戻した後、ソラちゃんに問いかけた。

「あ、それは……」

彼女は居住まいを正し、俺を真剣な表情で見つめる。

「カナタさんの演技が素晴らしかったからです……！」

「……本当に素人なんだけどな」

どうしたものかと頭を掻《か》く。

「ソラちゃんは声優になりたいんだっけ？」

俺は彼女に確認した。

「は、はい……！　わたし、その、声がちょっと独特じゃないですか。それがずっと嫌だったんですけど、前にそれは〝才能〟だって言ってくれた人がいて……」

恥ずかしそうにしながらも、彼女は一生懸命に夢を語る。

――声が才能、か。

もう失《な》くしてしまったが、俺もそうだった。

そして確かに彼女の声は、才能と呼べるものかもしれない。

彼女の朗読を聞いた時の衝撃を、今もはっきりと覚えている。ただ――。

「ソラちゃんの気持ちは分かったけど……声優としての技術なんて、俺は本当に何も持ってないんだよな」

むしろ申し訳なくなってきて、俺は頭を掻いた。

「で、でも、声は大きいだけじゃなく幅があって表現がすごかったし……台詞《せりふ》の読み方も気持ちが籠っていて……何も訓練しないであんなことができるんですか?」

彼女にそう問われて俺は答えに詰まる。

確かにそれらは何の努力もなく得た能力ではない。

声量はずっと歌い続けてきた成果だし、事務所に所属してからはちゃんとしたボイストレーニングも受けていた。

台詞への感情の込め方も、歌を歌う時の応用。

ソラちゃんが褒めてくれたのは、俺が積み重ねてきたモノだ。

「声優の勉強とかはしたことないが、まあボイストレーニングぐらいは――」

「それです……!　わたしに教えてください……!　何でもしますから!」

テーブルに両手を突いて、ソラちゃんは身を乗り出す。

「そう言われてもな……」

どうすべきか迷っていると、料理が運ばれてきた。

「――とりあえず、冷めないうちにご飯を食べよう。ちょっと考えさせてくれ」

「はい……分かりました。じゃあ、いただきます……！」

ソラちゃんは手を合わせて言い、テーブルに置かれている箸を手に取った。

トレイにはナイフとフォークも載っているが、箸の方が使いやすいのだろう。

「いただきます」

独り暮らしを始めてからは忘れていた習慣だなと思いつつ、俺も手を合わせた。

「美味しいです！　こんなに分厚いハンバーグ、初めて食べました……！」

ソラちゃんは感動しながらハンバーグを頬張る。

「それはよかった」

俺は相槌《あいづち》を打ちつつ、彼女への答えを探す。

ボイストレーニングだけなら、教えられなくもない。

ただできるからと言って、引き受ける理由にはならない。

「声優になりたいんだとしてもさ、そんなに焦らなくてもいいんじゃないか？」

皿が大分空いたところで話しかける。

何事も早く始めるに越したことはないが、かと言って会ったばかりの男子高校生に師事するほど急ぐ必要はない気がした。

「なるべく早く上手《うま》くならないとダメなんです……！　声優になりたいっていうのは将来の夢ですけど……近いところに目標もあって……だからわたしなりに練習もしてたんですが……」

ソラちゃんは先ほどおかわりしたオレンジジュースを飲んでから答える。

「急ぐ理由があるのか。でも練習って？」

そこが少し引っかかる。

「わたし、声が小さいので、大声を出してみたりとか……」

それを聞いて俺は眉を寄せた。

無暗《むやみ》に大声を出すのは、喉を痛めかねない。

――放っておいたら、ソラちゃんも〝才能〟を失ってしまうかもしれない。

見過ごせない。それだけは。

俺のようになって欲しくないし、何より朗読の時に聞いた声に、俺は魅せられていたから。

俺は大きく息を吐く。

「――分かった」

「え？」

きょとんとする彼女に俺は言う。

「基本的なボイストレーニングでいいなら教えるよ。自己流の訓練は危ないからな」

「っ……ありがとうございます……！」

今にも飛び上がりそうな勢いで彼女は礼を言う。

「じゃあ早速今から――」

「いやいや、こんなとこで大きな声は出せないだろ」

俺は穏やかな午後の空気が流れる店内を示す。

「そ、そうですね……じゃあ、カナタさんの家……とか？」

そう口にした後、ソラちゃんは恥ずかしそうに顔を赤くした。

その仕草に少しドキリとしたが、すぐ我に返って首を横に振る。

「俺は独り暮らしなんだよ。そこに小学生の女の子を連れ込むとか――下手したら通報ものだ」

「……つうほう？」

きょとんとするソラちゃん。

「大人に怒られるかもってこと」

俺が嚙《か》み砕《くだ》いて答えると、彼女は笑う。

「ふふ、そんなことないですよー」

「だといいんだけど――スキャンダルには気を付けて気を付け過ぎることはないからさ」

バンドのマネージャーだった女性の台詞を思い出して言う。

「す、スキャンダル……？　よく分からないですけど……家がダメなら、外で周りに人がいないところを探すとか？」

「それも見ようによっては俺が不審者に思われる」

「うーん……？　何だか難しいことなんですね」

あまりピンと来ていない様子で首を傾《かし》げるソラちゃん。

だがそこで何かを思い付いたらしく、ポンと手を叩《たた》く。

「そうだ……！　だったら児童館はどうでしょう！　子供たちが帰った後、少し部屋を使わせてもらえるよう館長さんに頼んでみます……！」

「児童館か――」

確かにそれなら俺が妙な誤解を受けることはない。

「館長の許可が出るなら、それで構わないよ」

「やったっ……！　じゃあじゃあカナタさんが都合のいい時に児童館に来てください！　わたしは毎日ボランティアに行くので、いつでも大丈夫ですから……！」

興奮した様子でソラちゃんは言う。

そうして元ミュージシャンと声優志望の小学生の、奇妙な師弟関係が始まったのだった。

3

翌日の月曜日、俺は再び児童館の前に立っていた。

六時間目が終わってから来たので、時刻は十五時半。

児童館の敷地《しきち》内には、駆け回って遊ぶ子供たちの姿が見える。

――いつでもいいとは言ってたけど、待ってるだろうしな。

他に用事もないのに先延ばしにするのは可哀想《かわいそう》だ。

扉の横にある呼び出しベルを押すと、館長がやってきて内側から鍵を開けてくれる。

「早速来てくれたのね。ありがとう。今年のボランティア委員はやる気がある子が多くて嬉《うれ》しいわね」

「その言い方だと他にも？」

敷地の中に入った俺は、彼女に問いかける。

「ええ、白瀬さんと桜乃《さくらの》さんが来ているわ」

白瀬空――ソラちゃんが来ているであろうことは分かっていたが、桜乃美沙貴《みさき》ちゃんもいるらしい。

ボランティア委員五人のうち三人なのだから、かなりの出席率だ。ちなみに穂高さんは部活があるらしく、今日は一緒ではない。

「あ、兄ちゃんだ！」

俺の姿を見つけた子供たちが一斉に集まってくる。

レクリエーションで顔見せをしたおかげか、昨日以上に遠慮なく四方八方から制服を引っ張られた。

「お兄ちゃん、また会えて嬉しいのー！」

ピョンピョン飛び跳ねてアピールしてくるのは、レクリエーションで見かけた可愛らしいお団子頭の女の子。

「えっと……しのぶちゃん、だったっけ？」

記憶を辿《たど》って名前を口にすると、彼女は嬉しそうに頷《うなず》いた。

「うん！　しのぶはしのぶなの。忍者の忍で、しのぶって読むんだよー！」

「そうか、じゃあ忍《しのぶ》ちゃん。これからよろしくね」

「よろしくなの！　ということで——はいっ、タッチ！　お兄ちゃんが鬼なのー！」

忍ちゃんは俺の腕に触れると、踵《きびす》を返《かえ》して逃げていく。

「お、おい——」

戸惑う俺から他の子供たちも離れていった。

「せめて鞄《かばん》を置いてから……ってもう聞いてないな」

溜息を吐くと、館長が笑いながら手を差し出す。

「鞄は私が会議室に持っていくわ。子供たちの相手、お願いしていい？」

「──了解しました」

俺は鞄を彼女に預けて、子供たちと鬼ごっこを始める。

ソラちゃんは広場に見当たらないので館内にいるのだろうが、彼女とのレッスンは子供たちが帰った後。

今はこちらに集中しようと、俺はすばしっこい子供たちを追いかける鬼役に徹した。

最初は手加減しようと思っていたのだが、小学生は思った以上に小回りが利いて捕まえにくい。さらに転ばせてしまわないよう気を遣うため、最後の一歩を詰め切れない。

「はぁ……はぁ……」

休まず走り続けていれば、さすがに息も切れてくる。

この辺りで一先《ひとま》ず誰かにタッチして鬼を交代してもらおうと、一番近くにいた忍ちゃんを捕まえようとする。

彼女は男子以上に素早いので、鬼になっても困らないだろう。

「お兄ちゃん、こっちなのー」

余裕の笑みで逃げる彼女だったが、俺は巧みに彼女を敷地の端に追い詰める。

「よし、もう逃げ場はない。もう観念しろよ」

大きく手を広げて逃げ場を塞ごうとするが──。

「お、お兄ちゃん、怖いの。やめてよぉ」

途端に忍ちゃんは瞳を潤ませ、俺に訴えかけてくる。

「へ？」

一目で演技だと分かるほどのぶりっ子。けれど突然のことで動揺してしまう。

「隙ありなのっ！」

硬直した俺の脇を抜けて逃げ出す彼女。

それを見ていた男子たちから文句が上がる。

「おい忍！　ズルい手使うなよー！」

「知らないのー」

忍ちゃんは素知らぬ顔で応じた。

どうやら小学生ながらにかなりしたたかな子のようだ。

彼女を捕まえるのは骨が折れそうだと嘆息する。

「ねーっ！　今何やってるのーっ！」

するとそこに元気な声が響く。

振り向くと建物の方から見知った顔が走ってくるのが見えた。

天然だと思われる金色の髪が走るリズムに合わせて跳ねる。

さらに彼女は小学生にしては発育が良すぎるため、胸のふくらみも大きく揺れていた。

「美沙貴ちゃん？」

名前を呼びつつも、直視してはいけない気がして視線を逸《そ》らす。

だが近くにやって来た彼女は、俺の視線の先に回り込んだ。

「カナ兄も来てたんだっ！　ねえねえ、あたしもまぜてーっ！」

「それはいいけど、カナ兄って俺のことだよな？」

前もそう呼ばれたなと思いながら訪ねる。

「うんっ。カナタお兄ちゃんだからカナ兄！　カナ兄って呼んだらダメ？」

明るく元気に振る舞う彼女だったが、そこで少しだけ不安そうな表情を覗《のぞ》かせた。

「ダメじゃないよ。初めての呼ばれ方だったから驚いただけ」

「そっか、よかったーっ！　で、何の遊びをしてたのっ？」

ぐいっと体を近づけて彼女は問いかけてくる。

やたら距離が近いのでドキリとするが、何となくここで引いてはダメな気がして、平静を装って答えた。

「鬼ごっこ」

「そうなんだ！　今の鬼は誰？」

「俺」

そう答えて、彼女の肩をポンと叩く。

「――というわけで次の鬼、よろしく」

「あーっ！　カナ兄ずるいーっ‼」

彼女の文句はスルーして、俺はさっさと端の方まで逃げる。

おかげで少し休むことができそうだ。

結局その後、閉館の時間まで俺は美沙貴ちゃんと共に子供たちの外遊びに付き合った。

「カナ兄ーっ！　また遊ぼーねーっ！」

子供たちのグループと一緒に帰宅する美沙貴ちゃんに手を振り返し、俺は館内に入る。

しんと静まり返った屋内の遊戯スペースには、黙々と後片付けをしているソラちゃんの姿があった。

窓から差し込む夕陽《ゆうひ》が、彼女の色素の薄い髪を鮮やかなオレンジ色に染めている。

「手伝うよ」

彼女に声を掛け、落ちていたプラスチック製のブロックを拾う。

「あ、カナタさん――ありがとうございます」

顔を上げた彼女は俺に礼を言った。

「……外からの声で、カナタさんが来てくれたのは分かってました。その……嬉しかったです」

　ソラちゃんは本を丁寧に壁際の本棚に仕舞いつつ言う。

「始めるなら、早い方がいいかと思ってさ」

　彼女が自己流の練習で喉を痛めてしまわないか心配だったという理由もある。

「はいっ……わたしも、早くレッスンを受けたいです……！　あ、館長さんは六時半までなら部屋を使っていいって言ってくれました！」

　声を弾ませて彼女は報告した。

　時計を見ると今は五時半。あと一時間ほどしかない。

「じゃあ時間は無駄にできないな」

　俺はなるべく急いで片付けを終え、ピアノのある広間にソラちゃんと移動する。

　この部屋は壁が音楽室のような防音仕様になっているので、練習するなら狭い会議室よりこちらがいいだろう。

　だだっ広い部屋の真ん中で、俺とソラちゃんは向かい合って立つ。

「今から教えるのは、基本的な腹式発声と滑舌――お腹から声を出すトレーニングと、はっきり喋《しゃべ》れるようになるための練習方法だ」

　相手が小学生なので分かりやすいように言い直す。

「あ、音楽の授業でもお腹から声を出せって言われます」

ソラちゃんの言葉に俺は頷いた。

「そう、歌が上手くなるためにも有効な練習だからな。繰り返せば繰り返すほど、声に関する基礎能力は高まる。ただ、これまで使ってこなかった筋肉を鍛えるわけだから、無理は禁物だ。ここ以外で勝手に自主練はしないように」

かつて俺は歌のためにボイストレーニングを受けていた。事務所に所属する前、独学で無理をしていなければ、もう少し〝ソウタ〟の声の寿命は延びていたかもしれない。

「はい……！　分かりました！」

真剣な表情で俺の話を聞きながら彼女は頷く。

「よし。まずは深呼吸からだ。声は出さずに大きく息を吸って――吐いて――腹にも空気を溜《た》める気持ちで思いっきり吸って――」

俺の指示に従って、ソラちゃんは深呼吸を始める。

「すー……はー……すー――」

「ゆっくりと、腹から空気を押し出しながら声を出してみよう。〝あー〟って」

彼女の手本になるように、俺は「あ――――」と腹式発声で声を響かせる。

〝ソウタ〟の声とは似ても似つかぬ低音の声。

ただ朗読で彼女が褒めてくれたように、声量だけはプロ級。自分の声でビリビリと空気が震えるのを感じた。

「あ――――」

ソラちゃんも真似して声を出す。

高く、あまりにも澄んでいる独特な美声。

一度聞けば絶対に忘れない声だ。

この才能を守り、伸ばしてやりたい。

一生懸命な教え子の姿を見ながら、俺は心からそう思っていた。

その日のレッスンは早めに切り上げた。

彼女に念押ししたように、無理をしないことが何よりも大事だからだ。

「カナタさん、今日はありがとうございました……！」

児童館の敷地を出たところで、彼女は深々と頭を下げる。

発声練習の後なのでいつもより滑舌がいいが、やはり日常会話での声は小さい。

「ああ、ソラちゃんもお疲れ様。また明日頑張ろうな」

俺がそう言うと彼女は驚いた表情を浮かべた。

「えっ⁉　明日も来てくれるんですか……⁉」

――確かに、都合のいい時で構わないって約束だったか。

いつの間にか毎日レッスンをするつもりになっていた。

「そう……だな。別に用事はないし」

とりあえず口にしてしまった以上は明日も来ようと決める。

「わぁっ……嬉しいですっ！」

満面の笑みを浮かべるソラちゃんを見て、これでよかったのだという気持ちになった。

「ただ――六時を回ると暗くなっちゃうな。こんな風に帰りが遅いのが続くと、ソラちゃんの親が心配しないか？」

俺は藍色の空を見上げて言う。

まだ四月なので陽は短い。

太陽はもう沈んだのか、西の空に赤い残照がにじんでいるだけ。

「大丈夫です。この時間だとまだ家に帰ってきてないですから」

「……そうなのか」

休日も親は用事でいないと言っていた。

彼女が毎日児童館でボランティアをしているのは、そうした家庭の事情もあるのかもしれない。

「いや、だとしても夜道は危険だし――俺が家まで送るよ」

少し考えてからそう宣言する。

「ええっ⁉　そ、そんな、レッスンをしてもらっているのに、そこまで……」

「これはソラちゃんの先生になった俺の責任だ。仕事のうちだし遠慮はいらない」

きっぱりと告げるとソラちゃんは顔を赤くする。

「あ、その……じゃ、じゃあ……お願い、します」

遠慮がちに彼女は俺の手を握る。

——ん？

俺は一瞬戸惑うが、保護者として付き添うのなら手を繋《つな》ぐのは普通のことなのかもしれない。

変に意識するとソラちゃんを緊張させてしまうかもしれないので、俺は笑顔を浮かべて優しく訊《たず》ねた。

「行こうか。ソラちゃんの家はどっちの方角？」

「あっち……です。駅を越えた、向こう側」

「じゃあ元々帰り道は途中まで一緒だったのか」

俺はそう言って彼女と手を繋いだまま歩き出す。

前に尾行された時、帰り道が一緒なだけかと考えたのは、半分正解だったようだ。

「ちなみに、今日の夜ご飯はカップラーメンじゃないよね？」

駅が近づいてきたところで問いかける。

「はい、たぶん親がお弁当かお惣菜《そうざい》を買ってきてくれると思います」

その返事を聞いてホッとした。

「ちゃんと栄養のあるものも食べてるみたいでよかったよ」

まあ自炊よりは偏りがありそうだが、カップラーメンばかりよりはマシだろう。

「そ、その……わたし、確かによくカップラーメンを食べるんですけど……親がそれしか用意してくれないんじゃなくて、単にわたしが好きだからで……」

今の会話で俺がソラちゃんの両親に不信感を持ったと感じたのか、彼女はちょっと慌てた様子で補足をした。

「つまりソラちゃんのリクエストだったたってことか」

「はい……」

少し気まずそうに彼女は頷く。

「それならいいんだけど、本気で声のトレーニングをしていくなら食事にも気を付けた方がいいと思うよ」

「えっ⁉ そ、そうなんですか？」

驚くソラちゃんに俺は頷き返した。

「ああ、食事だけじゃなくて適度な運動もな。声は体全体を使って発するものだから、体力がないとすぐバテる」

バンドで歌い始めた時にそれを思い知った。今日のレッスンは短かったのに、最後の方はふらふらになっちゃいました」

「……そう、ですね。」
真面目な顔で彼女は呟《つぶや》く。

「体力を付けるのなら外でジョギング──は小学生の女の子だと少し危ないか。児童館で子供の外遊びに付き合うだけでもいいと思う」

下手なアドバイスで彼女をトラブルに遭わせてはいけないと考え直し、そう提案した。

「わたし、児童館では本の読み聞かせばかりしてました。声優になるための練習にもなるかもって」

「ああ、それも確かにいい練習だ。まあバランス良く、どっちもやればいいと思うよ」

「……はい！」

俺の言葉に笑顔で頷くソラちゃん。

繋いだ手から、彼女のやる気が伝わってくるようだ。

駅の構内を抜け、線路で区切られた街の北部に足を踏み入れる。こちら側に来たのは初めてだ。

住宅やマンションが多く、南側より静かな雰囲気。

「あの、カナタさん」

帰り道を忘れないように周囲を見回していると、彼女に腕を引かれた。

「ん？」

彼女の方を向く。

「カナタさんは……プロでもないし、養成所にも行ってないんですよね？」

「ああ、そうだよ」

俺は苦笑を浮かべて頷いた。

「じゃあ……今から目指すつもりはないんですか？」

「目指す？」

「……声優を、です」

ソラちゃんの答えに、俺はしばし唖然《あぜん》とした。

——俺が声優に？

「今日、カナタさんがお手本を見せてくれた時に……思いました。こんなに素敵な声なのに、すごい技術もあるのに……声優じゃない方がおかしいって」

「いや、ホントに買いかぶりだって……」

こそばゆい感情を抱きながら頭を掻く。

声優を目指すなど、考えたこともなかった。

——もし俺が声優になったら……。

『解散した人気高校生バンドのボーカル〝ソウタ〟が声優転向！　その真相は――』

週刊誌に載りそうな見出しがすぐ頭の中に思い浮かぶ。

そして当然、かつての声と今の声を比較されるだろう。

「――それは、勘弁だな」

溜息を吐いて呟くと、ソラちゃんが申し訳なさそうに肩を小さくした。

「あ……その、ごめんなさい。勝手なことを言って……」

どうやら嫌な想像をしてしまったせいで、表情と声が固くなっていたらしい。

「いや、気にしないで。今のはたぶん、俺の反応が大人げなかった」

大きく首を横に振って言う。

「高校生って……大人なんですか？」

するとソラちゃんから素朴な疑問が投げかけられた。

「え？　それは――たぶん大人ではないと思うけど」

それを聞いた彼女は笑う。

「じゃあ……大人げなくても、いいと思います。カナタさんも機嫌が悪くなることがあるんだってわかって……何だか、ホッとしました」

「……そうなのか？」

さっきは安心というより怖がっているように見えたのだが。

「はい。カナタさんって初めて会った時から……どこか遠くにいるみたいで……どういう人なのか、何を考えてるのか……よく分からなかったので」

「何を考えているかよく分からない……か。その辺りを改善すれば、こっちの学校でも友達ができるかな」

核心を突かれた気持ちになり、俺は呟く。

今のところ学校生活に大きな不便はない。

ただやはり転入生ということもあって、周囲の生徒たちとの間には壁を感じていた。

「もしかしてカナタさんって、友達いないんですか？」

「ぐおっ⁉」

無邪気な質問がぐさりと心に突き刺さる。

「い、いないわけじゃないよ。穂高さんが同じクラスだし」

友達と言っていいのかは分からないが、彼女だけは積極的に俺に話しかけてくれる。

「あっ、そうでしたね！　塔子《とうこ》お姉ちゃんが一緒なら、安心です。も、もちろんその……わたしも、友達……ですよ？」

励ますようなその言葉に、またもや心がダメージを負う。

「……ありがとう、ソラちゃん。そうだね、俺たちはもう友達だな」

ぎこちなく笑いつつ礼を言う。

「はいっ！」

嬉しそうに頷く彼女。

そこでふと気付いたように、彼女は足を止める。

「あ――ここです。わたしの住んでる団地。お話ししてると、あっという間ですね」

そこは四階建ての棟がいくつも等間隔に並んでいる区画。

ソラちゃんはその内の一棟を指差していた。

「これで任務完了か」

「あの、送ってくださってありが――」

彼女は頷いて礼を言おうとしたが、何故か途中で言葉が途切れる。

その視線は俺の背後に向いていた。

4

「うちの子に何してんじゃーっ！」

後ろから叫び声が聞こえて振り向く。

目に映ったのは、真っ直《ま》ぐ《す》に飛んでくる白い卵だった。

「いやー、本当に申し訳ない。娘を家まで送ってくれた相手に生卵をぶつけるなんて、失礼にも程がある」

脱衣所から出てきた俺に、ソラちゃんの母親は何度目かの謝罪をした。

そこは団地の四階で、ソラちゃんの暮らす家。

リビングは和室になっており、中央に丸いテーブルが置かれている。

ソラちゃんと彼女の母親は、神妙な顔でテーブルの横に座っていた。

「……気にしないでください。自分の娘が知らない男に手を引かれてたら、生卵で撃退しようとしても仕方ありません」

いい匂いのするタオルで頭を拭きつつ、俺は首を横に振る。

状況は単純。

自宅に帰ってきたソラちゃんの母親が、俺たちを目撃。娘と手を繋いでいた俺を不審者と勘違いして、スーパーで買ったばかりの生卵を投げつけてきたのだ。

「そう？　まあそれもそうだよねー」

俺の言葉を鵜呑《うの》みにして笑う彼女。

「お母さん！　今のは社交辞令なんだから真に受けちゃダメ！　ちゃんと反省して！」

いつもは声が小さいソラちゃんが大声で母親を叱る。

「う……分かったって」

　バツが悪そうに彼女は頭を掻いた。

　どうやらこの家では、ソラちゃんの方がしっかりものという立ち位置らしい。

　母親がかなり若く見えることもあり、年の離れた姉妹のようにも感じられた。

「いえ、ホントに社交辞令とかじゃなくて——通報されなかっただけマシですし、こうしてちゃんと誤解も解けたので……」

　俺は慌てて二人の間を取り持つ。

　するとソラちゃんは真面目な顔で俺を見た。

「カナタさん、うちの母親がご迷惑をおかけしました……制服、汚れてませんでしたか？」

「ああ、それは大丈夫。綺麗《きれい》に頭にだけヒットしたから」

「よかった……でも、やっぱりクリーニングが必要とかになったら言ってください。お母さんに代金は出してもらいますから」

　俺の着る制服を確認しながら彼女は言う。

「本当に平気だよ。それよりソラちゃんも早く頭を洗ってきた方がいい。お母さんが投げた二個目の卵——ソラちゃんに直撃してたし」

　簡単に拭き取りはしたが、彼女の髪にはその痕跡が残っていた。

　ソラちゃんの母親は、投球のコントロールにムラがあるらしい。

「はい、そうします」

頷いて立ち上がった後、彼女は母親を睨《にら》む。

「お母さんのバカ」

そんな一言を残して、ソラちゃんは脱衣場に入っていった。

居間には気まずそうな彼女の母親と俺が残される。

「まったく……娘にはいつも怒られっぱなしでね」

苦笑を浮かべて呟いてから、彼女はこちらを向く。

「そういえばちゃんと自己紹介もしてなかったね。私は白瀬汀《なぎさ》。見ての通り、ソラの頼りない母親だよ」

「俺は——雛野《ひなの》高校二年二組の藤波奏太《かなた》です。ボランティア委員をしていて、ソラちゃんとは児童館で知り合いました」

誤解を解く際に一度名乗っていたが、ここで詳しく自分の立場を明かしておく。

「奏太くんのことはソラから聞いてたよ。声優になるためのレッスン?を引き受けてくれたんだって? 悪いね、子供の遊びに付き合わせて」

「………………いえ」

子供の遊び——という言葉に引っかかりを覚えたが、反論はせずに頷く。

思い出すのは俺が本気で音楽をやると言った時の両親の顔。

結局〝子供扱い〟を覆す方法は、結果を出す以外にないのだ。

「しかも遅くなったから家まで送ってくれるなんて、頼りがいがあるじゃないか。これからもソラのことをよろしくお願いするよ」

汀さんは軽い口調で俺に言う。

ただ、あまりに軽すぎて俺の方が心配になってしまった。

「あの……汀さん。俺が言うのも何ですけど、俺のこと信頼し過ぎじゃないですか？　まだ会ったばかりなのに……」

すると汀さんはきょとんとした表情を浮かべ、小さく笑う。

「確かに――まあ、こうして会うのは初めてだけどね」

どこか含みのある口調で彼女は呟いた後、ちらりと脱衣場の方を見る。

「ソラがいない間に話しておこうか。奏太くん、さっき卵をぶつけられた後、眼鏡を外しただろう？」

「はい、黄身がべっとりでしたから」

俺は首を縦に振る。何だか嫌な予感がした。

「その瞬間に分かったよ」

汀さんはそう言うと、何故か正座をしてピンと背筋を伸ばす。

今までの軽い雰囲気から打って変わって、彼女は真剣な眼差《まなざ》しを俺に向けた。

「ど、どうしたんですか？」

戸惑う俺を見ながら、彼女は口を開く。

「――くん…………でした」

声が小さくて上手く聞き取れなかった。

まるで外でのソラちゃんみたいな控えめな喋り方。

「え？」

聞き返すと、彼女は少し大きな声で言い直す。

「ソウタくん……ずっとファンでした……！」

「はぁっ⁉」

思わず裏返った声を上げてしまう。

――今なんて言った？　俺のことソウタって言ったのか？　バレてる？、バレた？

頭の中は一瞬にしてパニック状態に。

そんな俺を見ながら汀さんは苦笑する。

「私さ、Eternal Redの大ファンなんだよ。こんなおばさんが高校生バンドに入れ込むなんてって思うかもだけど、ソウタくんたちが中学生の頃から応援してたね。まるで自分の息子みたいに――」

言葉が右から左に抜けていく。

代わりに俺の頭を埋め尽くしたのは――。

「すみませんでした……‼」

反射的に俺は謝っていた。

額がテーブルに着くほど、深く頭を下げて。

「……どうして謝るんだい？」

汀さんが問いかけてくる。

「っ……だって、だって――」

俺の心は罪悪感でいっぱいだった。

あんなに応援してくれたのに辞めてしまってごめんなさい。ソウタの声で歌えなくなってしまってごめんなさい。こんな姿を見せてしまってごめんなさい。変わり果てた声を聞かせてしまってごめんなさい。

バンド解散後、初めて向かい合った〝ファン〟に対して、謝罪の言葉が胸の奥から溢《あふ》れ出《で》てくる。

一人で遠くの街に引っ越して、〝ソウタ〟と切り離した人生を始めようとしたのは、本当は自分のためじゃない。

Eternal Red を応援してくれたファンの中に在る〝ソウタ〟を汚してしまわぬように——彼らに与える傷が少しでも小さく済むように、俺は表舞台から姿を消すことを選んだのだ。

なのに、油断していた。

いくら背格好が変わったからと言って、人前で伊達《だて》眼鏡は外すべきじゃなかった。

素顔を見れば、さすがに気付く人もいる。

「………ごめんなさい」

後悔の念を抱きながら謝罪した。

ファンなら今の俺を見て、何も感じないはずはない。失望されるならまだいい。もしショックを与えていたなら、俺はどうやって詫《わ》びればいいのか。

すると後ろ頭にポンと手が置かれる感触が伝わってきた。

「うん——謝らないと気が済まないってのなら、それは素直に受け取っておくよ。ただ、私からも言わせてくれ」

彼女の手が離れる。

「ソウタくん、最高だったぜ」

「え？」

顔を上げると、汀さんは笑顔で親指をぐっと立てていた。

「ファンとして言えるのは、楽しい時間を過ごさせてくれてありがとうってことだけだよ。他に何も言いたいことはない。一切ね」

ライブで目にしたファンの熱い眼差し。

その目で今の俺を見られるのが怖かった。

でも今は、段々と胸の中の重い気持ちが薄れていく。

「ただ、そうだね――ソウタくんにじゃなく、今の奏太くんに対してなら、まだ言わなきゃいけないことはある」

「今の俺に？」

彼女の口調と眼差しが変わったのを感じた。

ファンの熱視線から、ソラちゃんに向けていたような大人の温かな眼差しに――。

「奏太くん、色々大変だったね。私は君がどれだけ頑張ってきたか知ってるから、一人の人間として信頼してるよ。だからソラのことも任せられる」

「っ……」

込み上げてくるものがあった。

でもそれは絶対に〝ソウタ〟のファンだった汀さんの前では見せたくなくて、奥歯を噛《か》みしめて笑顔を作る。

「ありがとう……ございます」

お礼以外に、返せる言葉などありはしなかった。

ガタン――。

そこで脱衣場の方から、物音が響いてくる。

ソラちゃんが浴室から出てきたのだろう。

「あの、俺の経歴のことは――」

「ああ、ソラには黙っておくよ。もちろん言いふらしたりもしないから安心して」

分かっていると汀さんは頷く。

「助かります。じゃあ俺はそろそろ……」

お暇《いとま》しようと腰を上げる。

「え、もう帰るのかい？」

「はい。あまり長居するのもあれなので――」

俺はちらりと玄関を見て言う。

ここに旦那さんが帰ってきたらまた事情を説明しなければならないし、父親の立場からしたら男が家に上がり込んでいるのは良い気分ではないはずだ。

そんな俺の考えは汀さんにも伝わったらしく――。

「旦那ならいないよ。ずっと前からね」

「あ……」

何と言えばいいのか分からず、言葉に詰まる。

その可能性もあるとは考えていた。

平日も帰りが遅く、休日も家にいない親。共働きだとしても、ソラちゃんを一人にさせすぎな気がしていたのだ。

「だから変に遠慮しないで、夕飯ぐらいは食べていきなよ。その方がソラも喜ぶ」

「――はい」

そこまで言われては断る方が失礼に思えたので、俺は首を縦に振った。

夕食はスーパーで買った惣菜のハンバーグと、それに先ほど投げつけられた卵の残りで作った目玉焼き。味噌汁《みそしる》はインスタントだが、油揚げを切って加えてあった。

ハンバーグはファミレスのものより薄かったけれど、汀さんオリジナルブレンドのソースもあってとても美味しかった。

何よりも三人で雑談しながらの食事が――楽しい。

「カナタさん、このフリカケの上にちょっとお醤油《しょうゆ》をかけると美味しいんですよ」

ソラちゃんも元の品を少しアレンジするのが好みのようだ。

彼女の言う通り、白ご飯にフリカケと醤油を掛けて食べると旨味《うまみ》が口の中に広がる。

一気にご飯を平らげた俺を見て汀さんはお代わりを勧め、俺はお腹が限界になるまで御《ご》馳走《ちそう》になってしまったのだった。


「それじゃあお邪魔しました」

夕食後、俺は白瀬家を後にした。

「奏太くん、まったねー！」

「カナタさん……お気を付けて。また、明日」

汀さんとソラちゃんに見送られて階段を下り、団地の外に出る。

泊まって行けとまで言われたのだが、明日も学校なのでそれはさすがに辞退した。

スマホが振動する。

取り出して画面を確認すると、汀さんからメッセージが届いていた。

先ほど連絡先を交換したのだ。

ソラちゃんはスマホを持っていないらしいので、いざという時に俺と連絡が取れた方がいいということだったが――。

『ソウタくん、また来てね』

文章の後にハートマークがついている。

表立っては〝ソウタ〟と呼べないので、こちらでその衝動を発散するつもりかもしれない。

俺は溜息を吐いて、ウサギがお辞儀をしているスタンプだけを返しておいた。

5

「藤波くん、今日もボランティア行くの？」

翌日の放課後、帰り支度をしていると穂高さんに声を掛けられる。

「ああ」

「偉いわねー。私は部活があって無理なの。でも明日は行くつもりだから、館長さんによろしく言っておいて」

「了解した」

頷いて教室を出る。

もう歩き慣れた道を通って児童館前までやってくると、敷地内で子供たちと遊ぶソラちゃんの姿が見えた。

――体力作りの件、早速実践してるんだな。

昨日俺が子供たちとの外遊びを勧めたからだろう。

じゃあ今日は俺が館内を担当するかと思いつつ、俺は扉のチャイムを鳴らした。

館内には子供の騒がしい声が溢れていた。

平日は館長以外の職員も働いているらしく、彼らに挨拶してから遊戯スペースに向かう。

そこでは子供たちが屋内遊具で遊んだり、プラスチックのブロックを黙々と組み立てたり、寝転んで本を読んだり――それぞれが思い思いに過ごしている。

外よりも一人遊びをしている子が多い印象だ。

ただスペースの端で本の読み聞かせをしている少女の周りには、多くの子供が集まっていた。

――あの子は、東雲《しののめ》さんだったか。

美沙貴ちゃんと同じクラスのボランティア委員。ゴシックな服に身を包んだ真面目そうな子。

「彼は言いました。今こそ立ち向かう時だと――」

彼女の朗読が耳に届く。

ソラちゃんのように特徴的ではないが、とても落ち着く優しい声音だ。

よほど心地よいのか、眠そうにしている子もいる。ただその一方で何人かは朗読が退屈なのか、かまって欲しそうに彼女に纏《まと》わりついていた。

それを見て俺は遠くから子供たちに声を掛ける。

「おーい！　何か歌いたい歌があったら向こうでピアノを弾いてやるぞー！　何でもリクエストしてくれー！」

すると暇そうにしていた子供たちが一斉に俺の方に走ってきた。

「ホント⁉　俺あれ歌いたい！　今やってる戦隊のやつ！」

「ああ、それならこの前ちょっと見たから弾けるぞ」

日曜の朝に見た特撮ものを思い出して頷く。

ちらりと東雲さんの方を見ると、彼女もこちらを見ていた。

そしてペコリと感謝するように頭を下げ、朗読に戻る。

どうやら上手く助け船を出せたらしい。

その日は閉館時間まで結局ピアノを弾き続けることになった。

反省点は、満足にリクエストに応えられなかったこと。

今後のためにも、もっと子供が見る番組をチェックしておこうと心に決める。

「——じゃあカナタさん、今日もよろしくお願いします……！」

静かになった館内に戻ってきたソラちゃんが、待ちきれないという様子で声を掛けてくる。

するとそ鞄を手に帰ろうとしていた東雲さんが、不思議そうに俺たちを見た。

「あの、今から何かなさるんですの？」

彼女の問いにはソラちゃんが答える。

「は、はい……実はカナタさんに声優になるためのレッスンを頼んでいて……」

「声優――」

驚いた様子で目を見開く東雲さん。

「いや、レッスンって言っても基礎的なボイストレーニングだよ。館長のご厚意で、六時半まで広間を貸してもらってるんだ」

俺は横からそう補足する。

「そうだったんですね……ではお二人とも頑張ってくださいませ。お疲れ様でした」

お辞儀をして去ろうとする東雲さんだったが、何かを思い出した様子で振り向く。

「それと藤波先輩――今日はお助けいただき感謝いたします」

「え？　まあ同じボランティア委員だし助け合わないと」

先輩という呼称に多少動揺しながらも答える。

確かに小学生の彼女からすれば、俺や穂高さんはずっと上の先輩だ。

当然なのだが、何だかむず痒《がゆ》い。

「はい。では今度、藤波先輩が困っていた時はお助けいたしますわ。特に美沙貴が何かやらかした時は遠慮なくご相談を。わたくしがあの子のお尻を叩いて反省させますから」

生真面目な口調で言う東雲さん。

「はは──覚えとくよ。東雲さんは美沙貴ちゃんと仲がいいんだね」

苦笑しながら俺が頷くと、彼女は複雑そうな表情を浮かべた。

「腐れ縁なだけですわよ。家が隣で、保育園の頃から一緒ですの。まあ、それも今年が最後ですけれど……」

どこか遠い目をして東雲さんは言うと、もう一度お辞儀をしてから今度こそ歩き去っていった。

「今年が最後、ということは……別々の中学に進学するのかもしれないですね」

ソラちゃんがポツリと呟く。言われてみれば彼女たちは六年生。進路によってはそういうこともあるだろう。

「かもしれないな。ソラちゃんは東雲さんと美沙貴ちゃんと同じ小学校だよね？　前から面識はあったのか？」

「いえ、喋ったことはないです。ただ顔は知ってました。色々と目立つ二人ですし」

首を振った後、ソラちゃんは苦笑する。

「確かに──あの二人は目を引きそうだ」

タイプは違うが、二人とも他人を惹《ひ》きつける魅力を持っている気がする。

「あ、あの……でも、今日はわたしのことを見てくれると……嬉しいです」

頬を赤くして、ソラちゃんが俺の腕を引く。

その仕草にドキリとするが、平然を装って頷いた。

「――分かってるよ、じゃあ始めようか」

そこからはほぼ昨日と同じレッスンが始まる。

腹式発声と滑舌を良くするトレーニング。

帰りはまたソラちゃんを家まで送ったが、さすがに汀さんとは出くわさなかった。

その翌日は、部活が休みだという穂高さんと共に児童館へ向かう。


「あ、結局ソラちゃんのレッスン引き受けたんだ」

道中、その話を聞いた穂高さんは驚いた様子で声を上げる。

「まあ、熱意に押し負けたって感じでさ」

俺は苦笑しながら答えた。

「ふぅん、藤波くんってホントに良い人なんだね」

「良い人っていうか――ソラちゃんが真剣すぎて心配になった部分も大きいよ」

真剣だからこそ、無茶なことをして喉を痛めないか不安になった。声優に関しては素人の俺だが、方向修正ぐらいの役割は果たせているだろう。

「……ソラちゃん、やっぱり〝あれ〟のために頑張ってるのかなぁ」

ぽつりと呟く穂高さん。

「あれ？　声優になりたいって夢のことか？」

俺は気になって問いかける。

「あ、それもあると思うけど――藤波くんは聞いてないのね。児童館にね、一つ〝声の依頼〟が来てるのよ」

「声の依頼って……どういうことだ？」

いまいち話が呑み込めず、俺は聞き返した。

「えーっと、どこから話したらいいかしら。ほら、朗読劇で使ったオリジナルの童話があったでしょ？　あれを書いたのはボランティア委員の先輩なのよね」

「ああ、それは確か聞いたよ」

記憶を辿りながら相槌を打つ。

「私は直接会ったことがない二つ上の先輩で――今年大学生になったらしいんだけど、その人は今、個人でアニメを作ってるみたいでさ」

「へえ」

話だけではなく絵も、しかもそれを動かすことにまで挑戦しているとは。

かなりマルチな才能を持っているらしい。

——〝あいつ〟みたいだな。

メジャーデビュー前、インディーズ時代に個人制作アニメの劇伴《げきばん》とエンディング曲の依頼を受けたことがある。

その作品がフランスのアニメーションコンクールで受賞し、バンドの大きな追い風になったのだ。

「それで今年の二月ぐらいに〝ボランティア委員を含む児童館のみんなと作品を作り上げてみたいから、声で出演してくれないか〟って館長さんに連絡があったのよ」

「ずいぶんあの児童館に思い入れがある人なんだな」

俺の言葉に穂高さんは頷く。

「本人も小学校の頃はあの児童館に通っていて、その後もずっとボランティア委員を続けていたらしいわ。あの童話だけじゃなく、自分で紙芝居を作って子供たちに披露してたみたい」

「紙芝居——その延長線上でアニメか」

行きつくところまで行ったのだなと感心する。

「うん。ただ声で出演って言っても、子供が騒いでいる声とかを録音させてもらうだけでもいいんだって。だけどもしちゃんとキャラクターを演じてみたい子がいたら、面談するって聞いてる」

「面談……つまりオーディションみたいなものか」

ソラちゃんが言っていた近い目標とは、恐らくそれなのだろう。

「そういうこと。でも依頼が来たのは年度末に近い時期で、人がすぐ入れ替わっちゃうじゃない？　だから四月になってから話を進めようってことになったの」

「――ちゃんとした告知はこれからなんだな。穂高さんとソラちゃんは去年もボランティア委員だったから知ってたわけか」

色々と納得できた。

館長が快く部屋を貸してくれたのも、そうした事情が背景にあったからかもしれない。

「まあね。でもソラちゃんがそこまで本気だなんて思ってなかったけど」

そう呟いた後、穂高さんは空を仰ぐ。

「私は上手くできる自信がないし面談はパスかなぁ。でもこんな機会は滅多にないと思うから、ソラちゃん以外にもキャラクター志望の子が出てくるかもね」

――もしそうなったら、ソラちゃんのライバルになるわけか。

と、その時はまだ半分他人事《ひとごと》だった。

〝声の依頼〟が周知された後、何が起きるか――あまりに俺は想像力が足りていなかったのだ。

第三章　オーディション

1

数日後、児童館に行くと正面玄関の扉に手書きのポスターが張られていた。

それは次回のレクリエーションについての告知。

日程は五月の第一日曜日。ゴールデンウィークの真っ只中《まただなか》。

こうしたレクリエーションにはボランティア委員全員が駆り出されるので、事前にスケジュールは知らされている。

ただ、その内容は前回と大きく異なるものだった。

「アニメ映画上映と、その監督を招いての体験会……」

ポスターは子供向けと保護者向けの二種類があり、詳しい情報が記された保護者向けの方に目を通す。

――国際アニメーションコンクールで受賞し、テレビでも話題になった個人制作アニメ〝KARASU〟。制作者の南《みなみ》エレナさんはかつてこの児童館に通い、ボランティアとしても長く携わってくださった方で……。

「嘘《うそ》だろ……マジか――」

信じられない思いで呟《つぶや》く。

KARASUという作品名も、南エレナという名前も知っている。

何しろEternal Redが劇伴とエンディング曲を担当した作品こそ、そのKARASUなのだから。

――ある意味、一番会いたくない相手かもな。

かつての俺を高く評価していた人物であるからこそ、今の自分の姿は見せたくない。

――当日はマスクでも着けていくか。

花粉症とでも言っておけば怪しまれまい。

伊達《だて》眼鏡も掛けているし、何とか誤魔化せるだろう。

というか俺よりソラちゃんのことだ。

――レクリエーションは前回と同じく午前中まで。キャラクターの声をやりたい子がいた場合は、午後に面談（弁当持参）。なるべく最低一言は作品に参加できるよう調整する予定……。

保護者向けポスターに書かれた詳細によると、完全な不合格はないらしい。

けれどソラちゃんがやりたいのは、台詞《せりふ》が一言しかない端役ではなく、しっかり台詞のあるメインキャラクターだろう。

――ハードルは高いな。

南エレナが作品に対して妥協しないことを、俺はよく知っている。

曲作りの段階から作詞まで口を出してきて、一度大喧嘩《おおげんか》になったほどだ。

「お兄ちゃん、何してるのー？」

ポスターを見ながら物思いに耽《ふけ》っていた俺は、突然の声に驚く。

「っ……忍《しのぶ》ちゃんか。ちょっとこのポスターを見てたんだよ」

そこにいたのは、児童館に通う小学生三年生の忍ちゃん。

最初のレクリエーションの時から、積極的に俺に話しかけてくる子だ。

ただ最近の俺は館内で子供の相手をすることが多く、いつも広場で駆けまわっている彼女とはあまり関わる機会がなかった。

「あ！　それ、しのぶも見たの。エレナお姉ちゃんが来てくれるんだよね！」

「前に彼女と会ったことがあるのかい？」

懐かしむような口調だったので、俺はそう訊《たず》ねる。

「うん！　しのぶが一年生の時にいっぱい遊んでくれたのー。ソラお姉ちゃんとね、いつもエレナお姉ちゃんの取り合いしてたなぁ」

「──そうか、忍ちゃんが一年生の時……ソラちゃんは三年生か」

二人は児童館に通う子供として、南エレナと接していたらしい。

「そうだよ。その頃からしのぶとソラお姉ちゃんはライバルなの」

胸を張って忍ちゃんは言う。

ライバル──か。

思い返すとソラちゃんとしのぶちゃんが一緒にいるところをあまり見かけない。

仲が悪いわけではなさそうだが、二人の間には絶妙な距離感があるようだった。

「エレナお姉ちゃんが紙芝居始める時とか、どっちがいい場所を取れるか競争だったの。あの紙芝居、面白かったなー」

彼女はそう答えた後、それまでの子供っぽい表情を引っ込めて、大人びた妖しい笑みを浮かべた。

「知ってる？　その紙芝居を元にしたのが、あの〝KARASU〟なんだよ？　きっと次のアニメもすっごい有名になると思うの。もし、もしさ──その主役の声をしのぶがやったら、しのぶも有名人だよね？」

可愛《かわい》い顔で笑っているが、彼女の瞳には単なる好奇心に留まらない強い光が宿っている。

バンドで〝上〟を目指していた時、こういう人間によく会った。俺自身がそうだった。

この幼い少女は間違いなく──野心を抱いている。

「ああ、そうなるかもしれないね」

可能性はあると俺は頷《うなず》いた。

すると忍ちゃんは広場の方をちらりと見る。

そこではソラちゃんが、大勢の子供たちと共に走り回っていた。

「あのね、しのぶ知ってるんだ。ソラお姉ちゃんって、お兄ちゃんに声優のレッスンをしてもらってるんでしょ？　それってエレナお姉ちゃんの作品に出るためなの？」

こちらに向き直った彼女は真剣な顔で問いかけてくる。

「……まだ本人に確かめたわけじゃないけど、たぶんそのためでもあるんだと思うよ」

だから俺も真面目に応えた。

すると忍ちゃんは俺に詰め寄り、制服の裾をぐっと摑《つか》んでくる。

「じゃあ、しのぶもお兄ちゃんに教えてもらいたい！　しのぶはエレナお姉ちゃんの作品に絶対出るつもりなの。ソラお姉ちゃんにも負けたくないの！」

元からこれが本題だったらしく、彼女は必死に訴えてきた。

しかし安請け合いできるようなことではない。

「た、確かにレッスンはしてるけど、そんな本格的なものじゃないし——第一、閉館後だから忍ちゃんは無理だよ。遅い時間に一人で帰らせるわけにはいかない」

ソラちゃんですら一人で帰すのは不安で、毎回送っているのだ。ボランティア委員でもない忍ちゃんは、きちんと閉館時間に帰らせるべきだろう。

「それならレッスンが終わる時間に、ママに迎えにきてもらうの！　習い事がある日はそうしてるから同じなの」

「いや、でも俺の一存じゃ――」

児童館の一室を使わせてもらう以上、俺だけで決められることではないと、言葉を濁らせる。

だが聡《さと》い彼女はそれで突破口を見つけたらしかった。

「じゃあ今度ママと館長さんに相談してみるの。それでオッケーだったら、レッスンよろしくね――お兄ちゃんっ」

「お、おい――！」

にこりと小悪魔的な雰囲気で微笑《ほほえ》んだ彼女は、俺の返事を待たずに走り去る。

「……とんでもない子だな」

ソラちゃんは夢に向かって一生懸命だが、忍ちゃんにはもっと手段を選ばない貪欲さがあった。

将来はアイドルとか、芸能関係の職業に就いていそうな気がする。

「だねー。でもあたしはああいう子好きだなっ！　分かりやすくて」

「うわっ⁉」

独り言に相槌《あいづち》を打たれて、俺は驚きの声を上げた。

今日はよくびっくりさせられる日だ。

「あははっ！　カナ兄、驚かせてごめんね。外に出ようとしたら、二人が面白そうなこと話してたからさ。つい聞き耳を立てちゃった」

明るく笑いながら言うのは、小学六年生のボランティア委員である桜乃美沙貴《さくらのみさき》ちゃん。

「いや、別に内緒話とかじゃないから気にしないでくれ」

俺は気持ちを落ち着かせつつ、首を横に振った。

「そう？　じゃあ気にしない！　それにしても次のレクリエーションって、結構すごい人が来るんだね。しかもあたしたちの先輩だなんてびっくり！」

彼女は正面扉に貼られたポスターを見ながら言う。

「その様子だと、美沙貴ちゃんは南エレナと会ったことはないのか」

こちらを向いて彼女は頷いた。

「うん、だってボランティア委員は今年が初めてだもん。あ、でも紫苑《しおん》は知ってそうだなー。あの子アニメとか結構好きだし」

紫苑は東雲《しののめ》さんの名前。

二人は保育園からの付き合いらしく、気安く名前で呼び合っているようだ。

「そうなのか。じゃあ東雲さんは役に立候補するのかな」

俺がそう言うと、美沙貴ちゃんは苦笑を浮かべた。

「うーん、それはしないかも。紫苑ってあたしに対してだけ当たりが強いけど、基本奥手で恥ずかしがりだから。あとプライドも高いし、きっと下手な演技は見せられないって尻込みしちゃうよ」

言葉の内容だけだと悪口のようだが、その口調には温かさが宿っている。

「美沙貴ちゃんは東雲さんのこと、よく分かってるんだな」

「そりゃあもう大親友だし！　ただ、分かり過ぎて困っちゃったりもするけどねー」

どこか複雑な顔で答えた彼女は、もう一度ポスターに目をやった。

「ねえ……カナ兄。もしさ、何かの役で映画に出演できたら――あたしたちの声はずっと残るのかな」

その質問に少し考えてから俺は答える。

「ああ、たぶんな。もし世界的に有名な作品になったら、百年後でも誰かが見ているかもしれない」

作品とはそういうものだ。

望まれなければ消えていくし、望まれれば不滅にもなる。

俺の言葉を聞いた美沙貴ちゃんは、しばらく黙った後――ぽつりと呟いた。

「じゃあ、紫苑と出てみよっかな」

「東雲さんと？」

美沙貴ちゃんだけではないのかと俺は聞き返す。

東雲さんはこういうことに尻込みすると、さっき彼女は言っていたはずだ。

「うん――思い出作り、みたいな？　あたしたち、来年は別々の中学に行くんだよね」

――東雲さんも腐れ縁は今年が最後とか言ってたな。

あの時の彼女の顔を思い出しながら、美沙貴ちゃんの話を聞く。

「だから、何か形になるものをちょっとでも増やしておきたいんだ！　紫苑がなるべく寂しくならないように！」

笑顔で言う美沙貴ちゃん。

これまでの印象では、東雲さんが美沙貴ちゃんの面倒を見ているように感じていたが、ひょっとすると本質は逆なのかもしれない。

東雲さんのことを話す美沙貴ちゃんからは、懐の広さというか包容力が伝わってくる。

「……そうだな、きっといい思い出になるよ」

俺も笑みを浮かべて頷く。

すると美沙貴ちゃんはそこで俺にぐっと詰め寄ってきた。

「ということで、あたしと紫苑もカナ兄のレッスンに参加させてよっ！」

「ええっ⁉」

突然の要望に俺は戸惑う。

「ぶっつけ本番とか紫苑は絶対嫌がるだろうし、ちょっとは練習しておきたいんだ。無理なら見学だけでもいいからさ！」

美沙貴ちゃんの言葉を受け、俺は考える。

「──少し待ってくれ、返事をする前にソラちゃんと相談させてくれないか？」

これはソラちゃんに頼まれて始めたこと。

忍ちゃんの件も含めて、まずは彼女に相談しておくべきだろう。

「うん、もちろんそれでいいよ！」

美沙貴ちゃんは大きく頷いた。

「お姉ちゃん本読んでー！」

「お兄ちゃん、またピアノ弾いてよー！」

そこに子供たちが集まってきて、会話はそこで終わる。

──それにしても、何だか大事《おおごと》になってきたな。

まさかソラちゃん以外にもレッスンをお願いされる状況になってしまうとは。

これも全て南エレナなどという大物が、児童館の関係者だったからだ。

――ホントに俺でいいのかな。

声優の経験などない俺が指導を続けていいのかという不安は最初からあったが、それが大きく膨らんでくるのを俺は感じていた。

2

「はい、わたしは全然いいですよ」

閉館後、静かになった広間で俺はソラちゃんに新たなレッスン希望者の件を伝えた。

その返事は思っていた以上に軽いもの。

ほとんど逡巡《しゅんじゅん》することなく快諾したソラちゃんを、俺はじっと見つめる。

「――本当にいいのか？　ソラちゃんが前に言ってた〝近い目標〟って、このオーディションのことなんだろ？」

俺の問いにソラちゃんは頷く。

「はい。実を言うと、わたしの声を褒めてくれたのがエレナお姉ちゃんなんです。だからできるなら、この作品に参加したいなって……」

彼女は自分の喉に手を当て、懐かしむように答えた。

「そうだったのか……でも、もし他の子がレッスンを切っ掛けにすごく上手《うま》くなったりしたら、ソラちゃんのやりたい役を取られちゃうかもしれないぞ？」

――たとえば主役とか。

もちろん南エレナが、素人を主役に据える可能性は低いだろう。

ただ忍ちゃんは明らかに主役狙いだったし、ソラちゃんもできるなら一番いい役をやってみたいはずだ。

「分かってます……だけど他の子が選ばれるのなら、それでいいんです。わたしがやるより、エレナお姉ちゃんの作品が良くなるってことですから」

きっぱりと答えるソラちゃん。

強がりではなく、本心からそう思っているのが伝わってくる。

「……そこまで考えてるんだったら、俺から言うことはもう何もないよ」

俺は感心しながら息を吐く。

何だろう。今少しだけ、バンドメンバーのことを思い出した。

一曲一曲をベストなものに仕上げようとしていた彼らと同じものを、ソラちゃんはもう心の中に持っているのかもしれない。

「ただ実際、俺のレッスンがどれだけ効果があるかは分からないけどな。本当に素人が齧《かじ》ったたけの知識を教えてるだけだし」

ソラちゃんも、忍ちゃんや美沙貴ちゃんも俺に期待し過ぎだと苦笑する。

「そ、そんなことないです！　カナタさんのおかげで、発声も滑舌もすごく良くなってきたと思います！」

するとソラちゃんが慌てた様子で言う。

「そう言ってもらえると、少しだけホッとする」

本人が効果を実感しているのならよかったと、俺は胸を撫《な》で下《お》ろした。

「はい、ただ……」

しかしそこでソラちゃんが言《い》い淀《よど》む。

「もし何か不満なところがあるなら遠慮なく言ってくれていいよ」

身を屈《かが》め、なるべく優しく問いかけた。

「えっと……今のレッスンに、不満はないんです。でも、わたしがカナタさんの朗読で一番すごいって思ったのは、声量や滑舌よりも演技の方だったから……」

「俺の……演技？」

そう言われてもピンと来ない。

「ほら、朗読会でカナタさんは悪役を演じてたじゃないですか？　その時の声、すっごく怖くて――まるで人が変わったみたいで……どうやったらこんな演技ができるんだろうって……」

　ソラちゃんはそこで思い切ったように俺の目を見つめる。

「あのっ……今のレッスンもすごく勉強になってるんですけど――わたし、演技についてもカナタさんに教わりたいんです……！」

「それは――」

　何と答えればいいのかと頭を掻《か》く。

　ボイストレーニングは実際に受けたことがあるので知識がある。

　けれど演技については習ったことなどないし、それゆえに教えられることがあるのか分からなかった。

「……前も言ったけど、俺は別に声優でも何でもないし、演技も習ったことがない。朗読の時は、なるべく感情を込めて台詞を読んだだけだよ」

　歌を歌う時と同じように。

　俺がボーカルとして心掛けていたのは、一音一音にありったけの感情を乗せること。

　そうじゃないと聞き手に伝わらないと思ったし、伝えるものがない歌には価値がないとさえ考えていた。

「感情を込めるって……演じるのとは、違うんですか？」

　ソラちゃんは俺の言葉が呑《の》み込《こ》めない様子で問い返してくる。

「うーん、俺の中では違うって感じるな。台詞を読むときはもう登場人物本人のつもりになってるから、演技じゃなく自分自身の感情を込めてたし……まあその〝つもりになる〟ことが演技なら、演技なのかもしれないけど」

Eternal Red の曲には、俺以外のメンバーが作詞した曲もある。

そうした曲は、そいつの気持ちになり切って歌った。

いつも一緒に過ごして、何を考えているのか何を悩んでいるのか、それをよく知っていたから、自分のことのように感情を込めることができた。

「つもりになるって……よく分かりません。この登場人物なら、こういう風に考えるだろうなって想像して演じるんじゃダメなんでしょうか……？」

——ダメじゃないんだろうけど。

どこかズレている気がする。

根本的なところで話が嚙《か》み合《あ》っていない。キャラクターの捉え方が表層的なのだ。

その原因が何か考えて、一つ思いつくことがあった。

「ソラちゃんは、物語の登場人物にあまり感情移入はしないタイプなのかな？」

俺の問いに彼女は首を傾《かし》げる。

「感情移入……ですか？」

どうやらピンと来ていないようだ。

「じゃあ質問を変える。ソラちゃんは——本や漫画、アニメ、映画、そういうものを見て泣いたことはある？」

「……ありません。というか、わたし児童館や学校の図書室にある児童書ぐらいしか読んだことがなくて——」

確かに彼女の家で漫画は見かけなかったし、思い出してみると居間にテレビもなかった気がする。

恐らくソラちゃんは、創作物に触れた経験が人より少ないのだろう。

もちろん面白い本は読んできたはずだし、南エレナの作品にも幼い頃から触れてきた。でも作品の登場人物に深く感情移入するかどうかは、作品の質よりも相性の要素が大きい。

重要なのは、そうした作品に出会う機会があるかどうか。

ならば解決方法は単純だが——。

そう考えたところで、ポケットに入れていたスマホが震えた。

メッセージが来ていたので確認。

『ソウタくん、こんばんは！　実はなぎさね、今日は帰りが遅くなっちゃいそうなの。ソラに伝えておいてくれないかな』

やたらキャピキャピした文章に、自然と眉が寄ってしまう。

「カナタさん？」

俺の表情を見たソラちゃんが、不思議そうに声を掛けてくる。

「――汀《なぎさ》さんからだよ。帰りが遅くなるって」

ソウタくんなどと俺を呼ぶのは、ソラちゃんの母親である汀さんだけだ。

ソラちゃんがスマホを持っていないこともあり、こうして俺が伝言役に使われることも多い。

「そうですか……」

暗い顔になる彼女を見て、やはり寂しいんだなと思う。

そこで俺は一つ思い付いたことを汀さんにメッセージで送る。

返事はすぐに来た。

「ソラちゃん、今日はレッスンの後――一緒に夜ご飯を食べようか」

「えっ⁉　いいんですか？」

「ああ、汀さんにも許可はもらったよ。ソラちゃんをよろしくって」

「そ、その……わたしの方からも、よろしくお願いします」

畏《かしこ》まった様子でお辞儀をするソラちゃん。

「そんな恐縮しないでいいって。俺は一人暮らしだから、誰かと一緒に食事ができる方が嬉《うれ》しいんだ」

これは建前ではなく、最近しみじみと感じていること。

実家は窮屈で息苦しかったけれど、それでも寂しいと思ったことはなかった。

「そう、なんですね……それがカナタさんの嬉しいこと……」

心に刻むようにソラちゃんはそう繰り返す。

「あと、そうだ。せっかくだから帰りに寄り道をして行こう。演技について俺は何も教えられないけど、参考になりそうなものはあるかもしれないからさ」

「本当ですか……⁉ ありがとうございます……！」

飛び跳ねそうな勢いで彼女は礼を言う。

——何だか妹ができた気分だ。

彼女の母親とも知り合ったせいか、ソラちゃんをまるで身内のように感じている自分に気付く。

ソラちゃんが納得できる形でオーディションに臨めるようにしてやりたいと、今の俺は心から思っていた。

3

「寄り道って、ここですか？」

レッスンの後、俺は駅前のとある場所へとソラちゃんを連れて行った。

ソラちゃんに欠けているものを埋めるためと、ついでに夕食もここで食べられるかもと思ったのだが――。

「ああ、そうだったんだけど……ごめん、今の時間だとソラちゃんは入れないみたいだ」

目の前にある漫画喫茶の案内板――そこにある利用条件を見て、俺は謝る。

「漫画喫茶……わたし、入ったことないです」

興味深そうにソラちゃんは案内板を眺めている。

「実は俺もない。今のソラちゃんに必要なのは、こういう今まで触れてこなかった作品に出会える場所かなと思ったんだ。ただ――児童館が終わってからじゃ間に合わないし、そもそも学校帰りに寄るのも問題がありそうだ」

この一帯は少し盛り場っぽい雰囲気で、制服の俺とランドセルを背負ったソラちゃんは、かなり浮いている。

「……そうですね。ここに寄り道をするのは、何だかちょっと悪いことのような気がします」

ソラちゃんも苦笑して同意した。

「無駄足を踏ませて悪かった。じゃあご飯を食べに行こう。またファミレスでいいかな？」

「あ、はい。それは大丈夫ですけど……」

頷きつつも何か躊躇《ためら》っている様子のソラちゃん。

「汀さんが後でソラちゃんの分の食費を渡してくれるらしいから、俺が奢《おご》るわけじゃないよ。だから遠慮しないで」

「えっ⁉　な、何でわたしの考えてることが分かったんですか……？」

ソラちゃんは目を丸くして俺を見た。

「いや、これぐらいは何となく分かるよ。ここ最近、平日は毎日会ってるんだから」

「そ、そうですね……」

何故《なぜ》かそこで彼女は顔を赤くし、言葉を続ける。

「あのカナタさん、もし休日にも会いたいって言ったら……ご迷惑ですか？」

「休日？　次の土日ってことなら別に予定はないし、全然迷惑じゃないけど」

だが休日は児童館が使えないのでレッスンはできない。

どういう意図なのかと考えていると、ソラちゃんは漫画喫茶を指差す。

「ここ、休みの日なら行けるかもって……午前中からなら長い時間いられるし、寄り道じゃないから怒られないし……」

「ああ、そういうことか。確かに休日って手があったな。汀さんに話してオーケーだったら行ってみるか」

「――はいっ！　お母さんには、ぜったいオーケーって言わせます……！」

顔を輝かせた彼女は、ぐっと両の拳を握りしめた。

汀さんに保護者としての権力はないのかと、俺は複雑な思いで笑みを返した。


そして――日曜日。午前十一時ちょうど。

俺は私服で雛野《ひなの》駅に降り立った。

服装はバンド時代の雰囲気が微塵《みじん》も出ないよう、グレーのシャツに黒のズボンという地味めなコーディネート。派手でロックな服は全て実家に置いてきた。

――待ち合わせは改札前だったな。

改札を出たところで辺りを見回すと、大きな柱の横に立つ女の子と目が合う。

「お」

一瞬戸惑う。

彼女がソラちゃんであることはすぐに分かった。ただ普段と少し印象が違う。

普段あまり目立たない地味な服装の彼女だが、今日はリボンとフリルがついた一目で可愛いと感じるワンピースを着ている。

近づくと髪にも小鳥の形をした髪留めを着けていることに気が付いた。

「か、カナタさん――お、おはようございます……！」

かなり緊張した様子で挨拶してくるソラちゃん。

「ああ、おはよう。今日のソラちゃんはお洒落《しゃれ》だね。よく似合ってるよ」

きっと普段とは違う格好の自分がどう見られるのか不安なのだろうと思い、まず感想を伝えておくことにした。

応援に来てくれるファンにこういう挨拶をすることも多かったので、褒め言葉を口にするのに照れはない。

「えっ、そ、そうですか？　ありがとうございます……お母さんがせっかくのデートだから可愛くしろってうるさくて……」

「デート？」

「あっ——ち、違います……！　お母さんがそう言ってたってだけで、その……」

顔を真っ赤にしたソラちゃんは手を振って否定する。

「はは、確かに言われてみたらデートかもな。休日に女の子と二人で出かけるなんて、よく考えると初めてだ」

穂高《ほだか》さんにはレクリエーションの時に児童館まで案内してもらったが、あれは委員会活動なのでデートとは呼べない。

地元の仲間——というかバンド仲間には女子もいたが、いつも全員集まって遊んでいた。バンドが有名になり始めてからは正直モテたが、あの頃は音楽活動に夢中だったたし、デビュー後はスキャンダルに気を付けろと釘《くぎ》を刺された。

「わ、わたしも初めてです……で、でも今日はあくまでわたしの勉強のために漫画喫茶へ連れて行ってくれるだけですもんね……！」

まるで自分自身に言い聞かせるように彼女は言う。

「まあそうだな。ただ漫画喫茶の後はまた家まで送っていくつもりだし――その時、遠回りして街をぶらぶらするのもいいかもしれない」

デートのつもりで送り出したのなら、汀さんもそれぐらいの寄り道は許してくれるだろう。

「ほ、本当ですか……！　楽しみです！」

とても嬉しそうに彼女は声を弾ませた。

「俺もだよ。じゃあ行こうか」

俺は彼女を促して歩き出す。

ソラちゃんは普段より短いスカートの裾を気にしながら俺についてきた。

「それでわたしは漫画喫茶で何をすればいいんでしょう……？」

歩きながら彼女は問いかけてくる。

「もちろんただひたすらに漫画を読むことだよ。興味を引かれたタイトルの一巻目を片っ端から手に取ってみて、何か今の自分に重なるような作品があったらどんどん追っていく感じがいいと思う」

「わたしに重なる……？」

そこがピンと来ていない様子で彼女は呟く。

「単に話が面白そうとかじゃなくて、物語の主人公がソラちゃんに近い悩みを持っていたり、境遇が似ていたりする作品のこと」

「そういう漫画を読むと、勉強になるってことですか……？」

ソラちゃんの問いに俺は頭を掻いた。

「勉強っていうか体験だな。本気で泣いたりするぐらい感情移入できる作品に出会えたら、たぶんソラちゃんの演技も上達すると思うんだよ」

彼女はとても賢い子で、空想と現実をはっきり区別できている気がする。

作中のキャラクターについても頭で理解した上で、それを演じようとしていた。

でも、それじゃダメな気がするのだ。

俺は声優のことなんて何も分からないけど、俺のやり方を真似《まね》たいと言うのなら、空想と現実の境は曖昧じゃなきゃいけない。

歌う時、曲と一体になったかのようなあの感覚。

あれは冷めた頭で現実の側に立っていたら、きっと絶対に辿《たど》り付けない。

「本気で泣いたり……」

ソラちゃんは真面目な顔で繰り返す。

「だからとりあえずは、夢に向かって頑張る女の子が主人公の漫画を探してみるといいんじゃないかな。あ、もしくは恋に悩んでいたりするのなら、恋愛ものもアリだよ」

軽い口調で俺が言うと、ソラちゃんは顔を真っ赤にした。

「れ、恋愛⁉　そ、そんな——わたし、別に……」

思った以上に彼女が動揺するので、俺の方が慌てる。

「い、いや、今のは冗談だよ。というか別に恋をしてなくても恋愛ものは共感できる部分があると思うし、女の子には特におススメだと思う」

「そ、そうなんですね……分かりました。そういう感じの漫画を探してみます」

ホッとした様子で頷くソラちゃん。

そうして俺たちは漫画喫茶の前までやってくる。

中に入った途端、本特有の香りが鼻腔《びこう》を撫でた。ざっと見た限り、あまり混雑している感じはしない。

休日の午前中は恐らく空いているタイミングなのだろう。

俺が代表者として二人用のボックス席を借り、長期戦になるので飲み物を注文。

そこからは読む漫画を求めて、本棚の森に分け入る。

俺が見ていると選びづらいこともあると思い、ソラちゃんとは一時別行動。

——俺は何を読もうか。

本棚を眺めながら移動していると、アニメ業界を扱っていると思われる漫画を発見し、それを手に取った。

俺自身、あまりに声優のことに関して無知なので、フィクションであれ情報は仕入れておくべきだろう。

スペースに戻るとソラちゃんはまだ戻っていなかったので、先に漫画を読み始める。

業界の悲喜こもごもがテーマで、期待通り声優についても触れられていた。

——どこも似たようなものなんだな。

バンドが事務所に所属してから経験した色々な出来事と重なる部分があり、世知辛いなと溜息《ためいき》を吐く。

現場でのトラブルや駆け引き、そういうものを軽々と押し流していく権利者やスポンサーの意向。

声優の技術とか、そういう情報は得られなかったが、大変な世界なのだというのは伝わってきた。

——まあ、そんなことはソラちゃんも分かってるか。

中学生の時、バンドを本気でやろうと決めた時に感じたことがある。

それは進学や就職以外の将来を見据えることは異常だと見なす、周囲の空気感。

勝敗やタイムなどで基準が分かりやすいスポーツならまだ理解を得られるが、それ以外の評価が難しい才能はまず低く見積もられる。

奴《やつ》らは思っているのだ。

自分の近くに特別な才能を持つ人間などいるわけがないと。

——汀さんも〝子供の遊び〟って言ってたしな。

たぶんソラちゃんはそれだけで気付いている。

自分の夢が普通ではないことを。周りに応援されないかもしれないことを。

汀さんもソラちゃんが本気で声優になると言い出したら、まず間違いなく止めるだろう。

それでも声優になりたいと頑張っているのだから、彼女は十分今の〝現実〟を乗り越えている。

俺は漫画を閉じて本棚に戻しに行った。

俺が読んでいたらソラちゃんの興味を引いてしまうかもしれない。でも彼女に必要なのはまた違うものだろう。

今度は何となく気になっていた少年漫画を選んで席に戻る。

するとソラちゃんが席に座っており、一心不乱に漫画を読んでいた。

俺が来たことに気付かないほど集中している。

どうやらかなり没頭できる作品を見つけたらしい。

俺は邪魔しないように静かに腰を下ろし、横目で彼女の様子を窺《うかが》う。

絵柄からして、彼女が読んでいるのは少女漫画のようだ。

面白いシーンがあったのか、彼女は声を抑えてクスリと笑う。

その仕草は、俺が読んでいた漫画の内容を忘れるほど可愛らしいものだった。

——っていつまで見てるんだ俺。

頭を振って気持ちを切り替え、漫画に意識を戻す。

そこからはひたすらに漫画を読《よ》み漁《あさ》った。

昼は漫画喫茶の中で軽食を頼み、その間に情報交換。

ソラちゃんが読んでいたのは一昔前に流行《はや》り、テレビドラマ化もされた有名作品だった。

声優とは全然関係ない内容だが、主人公がひたむきに努力する姿に惹《ひ》かれたらしい。

そしてソラちゃんが利用できる刻限である十八時が近づいてきた時、俺はふとソラちゃんの変化に気が付いた。

泣いているとか、そういう分かりやすい変化じゃない。

泣けるほど感情移入できる作品に出会うというのが今日の目的だが、結局一度も彼女が涙を流すことはなかった。

ただ、今のソラちゃんは——本を持つ手に力がこもり、表情が少し固くなっている。

口は何かを耐えるようにぐっと閉じられていた。

——怒ってる？

全体的な雰囲気がそんな風に感じられる。

でも読書の邪魔をするわけにはいかないので、理由は聞かずに黙って見守った。

そして十八時になり、数時間ぶりに外の空気を吸った俺は、ようやくそこで彼女に話しかける。

「ふぅ、今日はホントに読んで読みまくったな」

「はい……目が疲れてしょぼしょぼします」

うーんと大きく伸びをしてからソラちゃんは答える。

「あの漫画、ずっと読んでたけどどうだった？」

「……面白かったです。こんなに時間があっても最後まで読めなかったのは残念でした」

とてつもなく巻数があるシリーズだったので、ソラちゃんはずっとその漫画に掛かりきりだったのだ。

「さっきさ、怒ってたよね？」

「——え？　な、何で分かったんですか？」

「いや、見てたから」

そう答えると、彼女は顔を赤くする。

「そ、そんな……恥ずかしいです。でも——見てわかるほど自分が怒ってたなんて……意外です」

不思議そうに自分の顔に触れるソラちゃん。

「何か怒るような展開だったの？」

「展開というか——ライバルの子が主人公に言った一言が許せなかった感じで……」

思い出して怒りがぶり返したのか、彼女は小さな拳をぎゅっと固める。

「ちなみにそれってどんな？」

「……あなたは十分頑張ったわ。でもこれ以上は無理だから諦めなさいって」

固い声でソラちゃんは答えた。

シチュエーションは分からないが、確かに何となく……今のソラちゃんの状況と重ねても怒るのは理解できる気がする。つまりそれは——。

「じゃあとりあえず今日の目標は達成かな」

「え？」

きょとんとする彼女。

「別に泣くことだけが感情移入じゃないからさ。それだけ真剣に怒れたのなら、作品の主人公に深く入り込んでたってことだよ。台詞を読む時に必要なのも、たぶんその感覚だ」

「これが——」

ソラちゃんは自分の胸に手を当てる。

「……わたし、怒った人の台詞を読む時にもこんな風に本当に怒ってたことはなかったと思います。もし、今の感情をそのまま台詞に乗せられたら――」

だがそう呟いたところで、彼女は不安そうな表情を浮かべた。

「でも、できるのかな……？　これだけ感情移入できたのは、何十巻もシリーズを追いかけたからだろうし……」

俺は彼女を励ますために、頭にポンと手を置く。

「すぐにできなくても別にいい。〝そこまで〟辿り着かなきゃいけないんだって目標が見えたことが大事なんだよ」

バンド時代の俺にも目標は当然あった。

目指す場所があったからこそ、運にも恵まれて駆け上がることができたのだ。

「っ――はい！　そうですね……！　あとは頑張るだけですもんね！　これ以上は無理だなんて、わたしは絶対に思いません！」

どうやら彼女は漫画からもやる気をもらっていたらしい。

これは今後のレッスンに俺も気合を入れて臨まねばならないだろう。

そこからは朝の約束通り街を少し一緒に歩いてから、彼女を家に送り届けた。

汀さんに引き留められて、夕食をご馳走《ちそう》になってしまい帰りはかなり遅くなったが――

何かを成し遂げたかのような充実感のある一日だった。

4

翌日の月曜日。

児童館で会ったソラちゃんは、レッスンに向けて気合十分だった。

けれど閉館後、俺たちは館長に声を掛けられる。

「実は鈴森《すずもり》さんから藤波《ふじなみ》さんのレッスンを受けたいって相談を受けてね。親御さんもすごく乗り気で――できれば面倒を見てあげてくれないかしら」

そう言う館長の後ろには、どうだという顔でこちらを見る忍ちゃんの姿がある。

――鈴森……そうか、忍ちゃんの苗字《みょうじ》か。

いつも名前で呼んでいたのですぐにピンと来なかったのだ。

「俺は、まあ大丈夫ですよ。ソラちゃんにも前に話したら、構わないって言ってましたし」

頷きつつ、俺の隣で話を聞いていたソラちゃんに視線を向けた。

「はい。一緒に頑張りましょうね、忍ちゃん」

ソラちゃんが笑顔で言うと、忍ちゃんは笑顔で前に出てくる。

「ソラお姉ちゃん、ありがとう!　でも……負けないから。しのぶ、すっごく頑張るのー」

以前ソラちゃんのことをライバルだと言っていた彼女は、不敵に宣言した。

「わたしも……もちろん、負けるつもりはありませんよ？」

笑顔でそう返すソラちゃん。

普段よりも強気に見えるのは、相手が忍ちゃんだからなのかもしれない。

これで一人、レッスンの受講者が増えたわけだが――。

俺は少し離れたところで様子を窺っていた美沙貴ちゃんと東雲さんに声を掛ける。

「――という感じになったから、二人も見学とかじゃなくて普通に参加していったらいいよ。見られてるだけなのは緊張するしさ」

美沙貴ちゃんは俺の言葉を聞き、大きく万歳をした。

「やったーっ！　よかったね、紫苑！」

「わ、わたくしは別に……美沙貴がやりたいと言うから付き合いで――」

対する東雲さんの方は、困惑の方が大きく見える。

その反応を見て、一つ確認しなければいけないことに気付く。

「そうだ、二人とも帰りが遅くなるのは大丈夫か？」

だが美沙貴ちゃんは大きく頷いて即答した。

「うん！　あたしたちの家すぐ近くだし！　っていうか今すぐ連絡するから平気！　紫苑のお母さんにも伝えておくね！」

美沙貴ちゃんは派手にデコレーションされたスマホを取り出して、慣れた手つきでメッセージを送る。

スマホを持っていないソラちゃんは、その様子を少し羨ましそうに眺めていた。

「すごい賑《にぎ》やかになったな……」

俺が呟くと東雲さんが近づいてきて頭を下げる。

「ご迷惑をお掛けします。美沙貴の我がままを聞いていただき、ありがとうございました」

「いや、美沙貴ちゃんのためっていうか――」

東雲さんのためでもあるから、なるべく引き受けてあげたかった……とは言えなかった。

「……人数が多い方が、モチベーションも上がるしな」

無難な答えを選ぶ。

「それはそうかもしれませんね。ただ――これだけ集まると穂高先輩だけ除《の》け者《もの》にしてしまった感じにならないでしょうか？」

そう心配する彼女に、俺は首を横に振った。

「穂高さんはレッスンのことを知ってるし、面談はパスって言ってたから大丈夫だよ」

「でしたら……まあ。でも、少し残念ですわ。穂高先輩の朗読、すごく感情豊かで魅力的でしたのに」

東雲さんはそう言って息を吐いた。

――確かに上手かったよな。

去年もボランティア委員をしていたということもあるのだろうが、前回のレクリエーションで朗読が一番上手かったのは彼女だったと思う。

だからこそ、ソラちゃんが俺にレッスンをしてくれと頼んできて非常に驚いたのだ。

「まあ……これだけメンバーも増えたし、念のためもう一度声を掛けてみるよ」

きっと参加はしないだろうなと思いながらも、俺はそう答えたのだった。


生徒が四人に増えてのレッスン。

だがやることはこれまでと変わらない。

腹式発声と滑舌を良くするためのトレーニング。

技術を向上させるというよりは、基礎能力を鍛える反復練習。

特に面白いことはないので、思い出作りで参加した美沙貴ちゃんと東雲さんは大丈夫だろうかと考えていたが――。

「あーえーいーうーえーおーあーおー」

東雲さんは真面目に練習を行っており、普段は天真爛漫《てんしんらんまん》といった風な美沙貴ちゃんもふざけたりする様子はない。

この中で一番年下の大きな野心を抱く忍ちゃんも、とても真剣に俺の言うことを聞いてくれる。

三人の中で実力が秀でていたのは東雲さんだ。

声量は心もとないが、滑舌は訓練の必要がないぐらいに完璧。

一音一音がとても聞き取りやすく、皆が同時に声を出していてもするりと耳に滑り来んでくる。

恐らく彼女の〝しゃんとした〟立ち居振る舞いや喋《しゃべ》り方は、長年の生活の中で身に付けてきたものだろう。

ソラちゃんもこれまでのレッスンでかなり上達しているが、費やしてきた時間の差はそう簡単に埋まるものではない。

どうやらソラちゃんもそれは感じているらしく、時折東雲さんの方を横目で窺っていた。

そして約一時間のレッスンが終わる。

「今日はありがとうございました。家庭の事情で毎日は来られないのですが、ボランティア委員として来た日はよろしくお願いいたします」

「カナ兄！　レッスン面白かったよ！　まったねーっ！」

東雲さんと美沙貴ちゃんはそう言うと同じ方向に帰っていった。

あの様子だと初日のレッスンには満足してくれたようだ。

「遅くまで娘の面倒を見ていただきありがとうございました。今後ともよろしくお願いいたしますね」

　柔和な笑みを浮かべて挨拶するのは、忍ちゃんの母親。

　忍ちゃんを迎えに来た彼女は、美容に気を遣っていると思われるセレブな雰囲気の女性だった。

「お兄ちゃん、しのぶは明日もレッスンするからよろしくなのー。ソラお姉ちゃんにすぐ追いついてみせるの！」

　母親の手を握る彼女は、空いた方の手を振る。

　レッスンを受けて忍ちゃんは実力不足を自覚したのだろう。

　けれどそこで凹《へこ》むことなく、瞳にやる気の炎を灯《とも》している。

「ああ、待ってるよ」

　俺が手を振り返すと、彼女たちは公園横の駐車スペースに歩いていった。

　残ったのは俺とソラちゃん。

「じゃあ今日も家まで送るね」

「あ……はい。よろしくお願いします」

　頷くソラちゃんだったが、その声にはあまり元気がない。

　理由は何となく分かっていたので、何も聞かずに彼女と共に歩き出す。

　そのまましばらく無言が続いたが、駅が近づいてきたところでようやく彼女は口を開いた。

「忍ちゃんはあんなに前向きなのに……わたしの方は全然ダメダメです。わたし、自分で思っていたよりも嫌な子だったみたいです」

耳に届いたのは、行き交う車の音や街の喧噪《けんそう》に掻き消されそうなほど小さな呟き。

「どうしてそう思ったんだい？」

優しく俺は聞き返す。

「だって……わたしより上手い子が選ばれるならそれでいいって言ったのに……みんなをレッスンに入れたこと、ちょっと後悔しちゃってました」

「それは仕方ない。たとえ作品のことを一番に考えていても、俺たちには競争意識ってものがあるんだから」

俺は苦笑して、彼女の感情を肯定する。

「競争意識……？」

「負けたくないって気持ちだよ。東雲さんも美沙貴ちゃんも忍ちゃんも、それぞれ魅力というか強みがあった。そのことにソラちゃんも気付いたんだろう？」

俺の問いにソラちゃんは頷く。

「はい——東雲さんはとても話し方が上手くて、わたしよりずっと滑舌がよかったです。美沙貴ちゃんはとにかく声が元気で明るくて……もしぴったりのキャラクターがエレナさんの作品にいたら、わたしじゃとても敵《かな》いません」

大きく溜息を吐いたソラちゃんは、真面目な口調で言葉を続ける。

「忍ちゃんは吸収力がすごかったです。カナタさんが一度アドバイスするだけですぐ理解してたから、あっという間に追い抜かれちゃうんじゃないかって怖くなりました」

ソラちゃんが抱いた皆への印象は俺とほぼ同じだった。

「ああ、皆すごいよな。どんな才能があるかなんて、ホントやってみなきゃ分かんないもんだよ。でも一つだけ言えるのは、ソラちゃんだって全然負けてない」

「え？」

俯《うつむ》いていた彼女は、俺の言葉に顔を上げる。

「南エレナに褒められた君の声は、俺も間違いなく才能だと思ってる。それに皆より前からレッスンしてきた成果は確実に出てるし、この前は漫画喫茶で勉強もした」

「カナタさん……」

彼女の頬に赤みが差す。

「今日は発声練習ばっかりで台詞読みをしてないからな。次のレッスンでは、ソラちゃんの実力に皆の方が焦るはずだ」

「そ、そんな……」

「喜んでる場合じゃないぞ？　特に忍ちゃんは対抗心を燃やしてきそうだし、追いつかれないように頑張らないと」

「あ……はい！　そうですね」

ソラちゃんの声に力強い響きが宿る。

状況が何か変わったわけではないけれど、やるべきことを自覚したことで迷いが晴れたのだろう。

話している間に駅の構内を抜け、ソラちゃんのアパートが近づく。

「でも──カナタさん、それでも……頑張っても追い抜かれちゃった時は、どうしたらいいんでしょうか？」

不安からというよりは今後の参考にという雰囲気で、彼女は問いかけてきた。

「そうだな──何か新しい武器を見つけて、総合力で上回る……とかかな」

「武器？」

俺の表現が分かり辛《づら》かったのか、ソラちゃんは首を傾げる。

「ほら、声優って言っても今は色々なスキルが求められるんだろ？　ラジオに出るならトーク力が必要だし、ライブで歌って踊る声優もいるみたいだし」

「ええっ⁉　そ、そうなんですか？」

テレビやネットで知識を得られない彼女はその辺りに疎かったらしく、驚きの声を上げた。

「らしいよ。まあ俺も聞き齧っただけの知識だけど」

レッスンをするようになってその辺りの情報に目を通すことも多くなった。

声優の技術についても調べたりしたが、そちらは素人が付け焼き刃で他人に伝えてはいけない気がして、あくまで実践したことのあるボイストレーニングだけを教えている。

「ラジオにライブ……た、大変そうですね」

将来を思い描いたのか、心配そうに彼女は呟く。

「まあ実際大変だろうな。でもそれは声優になってからの話で、今回は南エレナの作品でちゃんとしたキャラクターを演じられるかどうかが問題だ。ラジオもライブも関係ない」

「確かに——じゃあ武器を増やすって？」

「南エレナの作品においてプラスになるスキルがあれば……って感じだけど、すぐには思い付かないな」

俺は苦笑を浮かべる。

「そうですか……」

残念そうな彼女を見て俺は慌てる。

「いや、でも何かないか考えておくよ。あと、もっといいレッスンができるように俺自身も頑張ってみるから」

そんな俺を見てソラちゃんは温かな微笑みを浮かべた。

「――ありがとうございます。でもカナタさんにはもう十分頑張ってもらってますから、あまり無理をしないでくださいね」

そこで彼女はハッとした表情になる。

「あっ、そうだ！　わたし何でもするからってレッスンをお願いしたのに――まだカナタさんに何もできてないです。わたしにして欲しいこととか……何かないですか？」

「し、して欲しいこと？」

真剣な眼差《まなざ》しを向けられて俺はたじろぐ。

「はい、何でも言ってください。カナタさんがしたいことなら、どんなことでも大丈夫です……！」

そう言うと彼女は足を止め、俺の手を両手で握ってきた。

「――俺がソラちゃんのレッスンを引き受けたのは、無理な練習で喉を痛めないか心配だったからだよ。あえて言うならソラちゃんの才能を守ることが、俺の一番の望みかな」

最初の切っ掛けを思い出し、俺はそう答える。

俺みたいに声という才能を失わせたくない。だから彼女を出来る限り導くことにしたのだ。

「そ、そうだったんですか？　嬉しいです……でも、それじゃあやっぱりカナタさんに何もお返しはできなくて……」

喜びながらも複雑そうなソラちゃん。

「じゃあ、そこまで言うなら――一つだけソラちゃんにお願いをしてもいいかな」

少し考えて俺は言う。

「は、はい！　何でもどうぞ……！」

緊張した声でソラちゃんは応じる。

俺は彼女の目を見つめ、真面目な口調で告げた。

「ソラちゃんは自分が可愛いことを自覚しなきゃいけない。こんな風に男の手を握って、何でもするなんて言っちゃダメだよ」

「か、かわっ⁉」

顔を真っ赤にして、裏返った声を上げるソラちゃん。

でもこれは決して口説いたりしているわけじゃない。真剣な忠告だ。

「これから本気で声優を目指すのなら、可愛いことはプラスになると思うけど――それを利用したり欲しがったりする大人はいっぱいいる」

音楽業界も芸能界の一端だ。

そういう大人たちを見てきた俺からすれば、ソラちゃんはあまりに危うく思えた。

「だからまあ、可愛さは武器にしちゃいけないと思うんだ。ただ持ってるだけで十分。勝負するのはあくまで〝声〟で。俺はソラちゃんにそんな風に頑張っていってほしいかな」

理想を押しつけ過ぎな気もしたが、たぶんこれが唯一ソラちゃんに求めるもの。

才能を大事に育てて、夢の向こう側まで歩いて行って欲しい。

そう思っての忠告だったのだが——ここまで言ってもソラちゃんは俺の手を離さなかった。

「……分かりました。わたし、自分が可愛いなんて思ったことなかったけど……これから気をつけてみます」

「えっと、だったら——」

この手を離してほしいと視線で訴えるが、彼女は首を横に振る。

「ただ、元々こんなことはカナタさん以外にしないし……言いません。誰にでもこういうことをしそうって思われたのなら……ちょっと悲しいです」

そこで俺は気付く。

俺の手をぎゅっと握る彼女は、どうやら怒っているようだと。

「い、いや、そういうつもりじゃ——」

けどそうなのか？　子供扱いしたのは確かかもしれないので、言い訳の言葉が上手く出てこない。

焦る俺を見て、ソラちゃんはくすりと笑った。

「でも心配してくれたことは……嬉しかったです」

　そう言うと彼女は片手だけを離し、手を繋《つな》ぐ形にして俺を引っ張る。

「行きましょう、カナタさん。今日もご飯を食べていってください。誰かと一緒に食事をするのは楽しいって言ってましたもんね？　それが今、わたしにできるお返しです」

　彼女に腕を引かれるまま、俺は歩き出す。

　何だろう。彼女を導くつもりだったのに、既に追い抜かれているような——そんな感覚を抱きながら俺は自然と笑みを浮かべていた。

5

　二日後、その日は学校側の都合で授業が五時間目で終わり、部活も休みということで久々に穂高さんと一緒に児童館へ向かうことになった。

「——ってわけで、今はソラちゃんだけじゃなく皆にレッスンをしてるんだよ」

　道すがら、俺は彼女に近況を報告する。

「藤波くん……本当に面倒見がいいのね。レッスンがあるから毎日ボランティアにも行ってるんでしょ？　ちょっとさすがに頑張り過ぎじゃない？」

　穂高さんは感心と呆《あき》れが半分な表情で言う。

「まあ、大変なのは大変だけどさ。ソラちゃんたちが俺以上に頑張ってるからな。五月のレクリエーションまでは、なるべく毎日行くつもりだよ」

「皆そんなにエレナさんの作品に出演したいのね。でも実際、ちゃんとした役が貰《もら》えるものなのかしら？」

彼女の疑問はもっともだ。それは俺も気にしている。

「――正直分からない。作品との相性とか、運の要素もあるしな。ただ可能性はあると思ってるよ。皆それぞれ才能を持ってるし」

「才能かぁ……」

穂高さんはどこか複雑そうな顔で呟く。

「穂高さんだって才能はあるよ。去年からボランティア委員をやってただけあって、レクリエーションでの朗読はすごく上手かった。感情表現がすごかったって東雲さん褒めてたよ」

「あんなの才能なんかじゃないって。私なんか全然……」

あまり褒められ慣れていないのか、彼女は目を逸《そ》らす。

首を振る動きに合わせて、彼女のポニーテールが力なく揺れた。

「いや、現時点の実力じゃたぶん穂高さんが一番だ。それで――前は自信がないって言ってたけどさ。せっかくだしボランティア委員のみんなで挑戦してみない？　レッスンも興味あったらいつでも来てくれていいし――」

東雲さんとの約束を果たすために穂高さんを誘ってみようとする。だが――。

「ねえ、藤波くん。やっぱり今日はサボっちゃおうか」

俺の言葉を遮り、彼女はそう告げた。

「え……サボる？」

児童館のある公園はもう目の前だ。ここまで来ていきなりそんなことを言われるとは思ってもみなかった。

「うん。ボランティアもレッスンも今日はなしにして、遊びに行こっ！」

穂高さんは明るい口調で言うと、俺と腕を組んで引っ張って行こうとする。

肘が彼女の胸に当たってドキリとしたが、我に返って踏みとどまった。

「な、何で急に――」

「だって、このままじゃ良くないわ。頑張るのは良《い》い事だけど、それが当たり前になっちゃいけないと思うの。ボランティアもレッスンも義務じゃないんだからさ」

穂高さんは腕を組んだまま俺の顔を見つめてくる。

「……言いたいことは分からなくもないけど、でも今日は――」

時間があるのに顔を出さないのは、気持ちが落ち着かない。

「私とデートするの……嫌、かな？」

頬を染めた彼女に問いかけられて、俺は言葉に詰まる。

「で、デート？」

「二人で遊びに行くんだからデートでしょ？」

ぐっと腕を強く引き寄せられて、肘が彼女の胸に沈み込む。

その柔らかさに頭の中が真っ白になりかけたが、デートという言葉が一つの記憶を呼び起こす。

『お母さんがせっかくのデートだから可愛くしろってうるさくて……』

この前一緒に漫画喫茶へ行った時、普段よりお洒落をしたソラちゃんは恥ずかしそうにそんなことを言っていた。

「──ごめん。誘ってくれたのは嬉しいけど、デートはまた今度で」

そっと彼女の腕を解いて、俺は謝った。

「あ……」

穂高さんはしばし呆然《ぼうぜん》とした後、肩を落とす。

「私、フラれちゃった？」

無理をしている笑顔で問いかけてくる彼女。

「え？　そ、そういうことじゃなくて、今日サボるのは気持ちが乗らないというか……」

「じゃあ、別の日ならデートしてくれる？」

「……それは、まあ」

言葉を濁しつつも頷く。

仲のいいクラスメイトと遊びに行くのを断る理由は……今のところない。そのはずだ。

俺の返事を聞いて、穂高さんは安堵《あんど》の笑みを浮かべた。

「よかったぁ。じゃあ今日は、頑張るのを許してあげましょう」

冗談めかした口調で彼女は言うが、そこで真面目な顔になって言葉を続ける。

「でも、さ――一つだけお願い。さっきみたいに大げさに褒めたりしないで欲しいな。私のことも……できれば、皆のことも」

「俺は別に大げさに褒めたつもりはないんだが……」

その答えに彼女は苦笑いを浮かべた。

「大げさよ。さっきみたいに褒められたら、私舞い上がっちゃいそうだもの。それで私が本気になったら……高校卒業したら声優になる！　なんて言い出したら……藤波くん、呆れちゃうでしょ？」

自嘲気味に穂高さんは言う。それが当然と思っている様子で。けれど――。

「呆れないよ」

きっぱりと告げる。

俺だけは呆れたりしない。世界中の誰もが、彼女を笑ったとしても。

「え……？　でも実際、私が声優になれるわけ――」

「なれない、なんて誰にも言い切れない。穂高さん自身にもね」

彼女が自ら限界を定める前に、俺は遮った。

言わせたくなかったのだ。

皆が口を揃《そろ》えて言うようなことを。

俺が歌で必死に反抗してきた〝正論〟を。

それは何だか、とても悲しいことのように思えたから。

「舞い上がれるなら、そのエネルギーが湧いてくるなら、挑戦しないのはむしろ損だろ。もちろん才能で戦っていくのは、大変なことだとは思うけどさ」

俺が〝正論側〟でないことだけは、示しておきたい。

夢破れて地に堕《お》ちても、夢を追う人間の敵にはなりたくなかった。

「あ、あのね、藤波くん。大変なんてレベルじゃないの。声優っていうのはね、本当に特別な人だけがなれる職業なのよ？」

穂高さんは戸惑った様子で俺に言い聞かせる。

そんな彼女に俺は笑いかけた。

「じゃあ、すごいんだな」

「……？」

きょとんとする彼女を見ながら、俺は言葉を続ける。

「ソラちゃんは、その〝特別〟になろうと頑張ってるんだから」

それを聞いた穂高さんは、憧れと不安が入り混じった表情で頷いた。

「——うん、そうね。去年からの付き合いなんだし、藤波くんよりよく知ってるわ。ソラちゃんはすごい。もちろん応援もしてる。でも……同じぐらい心配なのよ」

心からソラちゃんのことを案じている様子で溜息を吐く穂高さん。

「心配だから……私自身がそうなることが怖い。それに、美沙貴ちゃんたちまで本気になっちゃったらどうしようって思っちゃう」

そんな自分が嫌だと、穂高さんは心で叫んでいるように見えた。

かつての俺は、穂高さんみたいな人に訴えかけるような歌をよく歌っていた。

皆が振りかざす正論。

それは抗《あらが》っていいものだと、抗えるものなのだと声の限りに叫んだ。

でも今の俺は歌えないから、無様に足掻《あが》くしかない。

「本気になるのは、ダメなことなのかな」

精一杯の反論を口にした俺に、穂高さんは諭すような口調で言う。

「ダメとは言わないけど……アブないことよ。夢が叶《かな》う保証なんて、どこにもないんだし」

「保証はない、か。それはその通りだ。でも可能性はあるだろ?」

「それは……屁理屈《へりくつ》よ」

困った顔で穂高さんは答える。

「だとしても、ゼロパーセントじゃないんだ。ソラちゃんは何もない場所に向かうために努力してるわけじゃない」

歌以外でどれだけ思いを伝えられるかは分からないが、出来る限りの言葉をかき集めて訴える。

「ソラちゃんが目指している場所も、そこへ続く道も確かに〝ある〟。もちろん辿り着けるかは分からないけどさ。ただ邪魔はしたくないんだ。ソラちゃんのことも、他の皆のことも――当然、穂高さんのことも」

「……だから、やり方は変えないってこと？」

穂高さんは何か言いたげに見つめる。

「ああ、褒めるところは褒めるよ。それは大げさでも勘違いでもなくて事実だし。だから、穂高さんに才能があるって言葉も撤回しない」

断言すると彼女は顔を赤くする。

「わ、私に才能があるとか言ってる時点で……藤波くんの目は節穴だわ」

「あるよ。実際上手いんだから」

そこは自信を持って答えた。

「……藤波くんって最初に思った通り何か〝違う〟わね。良い人だけど――変な人。ぜ、全然、価値観が合わないわ」

頰を赤くしたまま穂高さんは言う。

「そうだな。まあ自分が普通じゃないってことは自覚してるよ」

だから音楽に全てを懸けた。

これからは普通に生きていかなければいけないと分かっているが、そう簡単に中身は変わらない。

「──つまり説得は無理ってことね。じゃあ……分かりやすく結果でラインを引きましょう！」

穂高さんは火照った頰をパンパンと自分で叩《たた》いてから、俺を真《ま》っ直《す》ぐ見つめた。

「結果？」

「エレナさんの作品で誰かがちゃんとした役を貰えたなら、藤波くんの見る目は確かだったって思うことにするわ。私への褒め言葉も……真に受けてあげる。でもダメだった時は──」

「無暗《むやみ》に褒めるなってことか？」

「ええ」

真剣な顔で穂高さんは頷く。

彼女にも何か譲れないものがあるようだと俺は感じた。

「分かった。結果が全てなのも事実だしな」

ソラちゃんたちに直接的な影響がある条件ではないので、これぐらいは呑《の》むべきだろう。

何より穂高さんのためにも、受けねばならない戦いだ。

「へー、何か面白いことになってるじゃん」

するとすぐ横で誰かの声が聞こえた。

俺たちが立ち話をしていた公園前の並木に背を預け、やたら派手な感じの女性が立っている。

天然物の赤毛に柄物のシャツ、丈が短いホットパンツからは長い脚がすらりと伸びていた。

「げ」

反射的に俺は顔を逸らす。

彼女が誰なのか一瞬で分かったからだ。

――どうかバレませんようにバレませんように。

胸の中で祈りつつ、ちゃんと伊達眼鏡を掛けていることを確認する。

「えっと……どなたですか？」

穂高さんが訝《いぶか》しげに問いかける。

「ああ、ごめんごめん。自分の名前が聞こえたもんだから聞き耳を立てちゃってさ」

赤毛の女性は口では謝りながらも、悪びれた様子がない。

「自分の名前って……」

困惑する穂高さんに彼女は笑いかけた。

「エレナだよ。南エレナ。今は芸大生兼アニメクリエイターをやっております」

「え──」

驚きに声を失う穂高さん。

「レクリエーションの打ち合わせで児童館にお邪魔してたのさ。んで子供たちが来る時間になったからお暇《いとま》したとこ。キミは初めて見る顔だけど、ひょっとしてボランティア委員かい」

「あ……は、はい。私は雛野高校二年二組のボランティア委員、穂高塔子《とうこ》といいます」

戸惑いつつも穂高さんは名乗る。

「ボランティア委員──まだ二年前のことなのに懐かしいねー。いやぁ青春だったなぁ」

しみじみと腕を組んで彼女──南エレナは呟く。

「それでこっちは……」

俺は顔を伏せ気味にしつつ、眼鏡の位置を直す振りで顔を隠した。

たぶんバレないはずだ。

熱心なファンだった汀さんとは違って、エレナとは音源収録時の一度しか直接顔を合わせていない。

しかも大きく体格が変わり、声も違う。さらに伊達眼鏡も掛けている。

「あ、彼は同じクラスの藤波奏太《かなた》くんです。私と同じくボランティア委員ですよ」

穂高さんが紹介してくれるが、名前を言われても平気だ。

エレナの前では〝ソウタ〟としか名乗っていない。

「藤波奏太です。よろしくお願いします」

なるべく低い声で、簡潔に挨拶する。

「え、奏太？」

きょとんとする南エレナ。

おい何だその反応は。

「はい、奏太ですけど」

俺はぎこちない笑みを浮かべて答える。

「んー……？　ちなみにどんな字を書くの？」

こちらに顔を寄せ、至近距離からじろじろ眺め回してくるエレナ。

香水をつけているのか、ふわりと花の香りが鼻腔を撫でる。

「奏でる〝奏〟に、太いの〝太〟です」

吐息すら感じる距離に心拍数が上がるのを感じながらも、俺は漢字を教えた。

嫌な予感がする。

そしてそれは直後に現実のものとなった。

「奏でるに太い……ああ！　だからソウ──」

「っ⁉」

とっさに手で彼女の口を塞ぐ。

──ちくしょう！　最初からバレバレだった！

「ちょっ、ちょっと藤波くん！　何してるの⁉」

俺の暴挙を見て、穂高さんが慌てる。

「あーいや、何でもない。俺はちょっとエレナさんと話があるから、穂高さんは先に行ってくれる？」

無理な言い訳と分かりつつも、俺は穂高さんを促す。

「でも……」

当然ながら躊躇う穂高さん。

俺は口を塞いでいるエレナを至近距離から見つめ、強い口調で言う。

「話、ありますよね？　そうですよね、エレナさん？」

それで何か事情があることを察してくれたのか、彼女はこくこくと首を縦に振った。

「……ほ、ホント？　じゃあ、行くけど……」

心配そうにしながらも穂高さんは児童館の方に歩いていった。

彼女の姿が見えなくなったところで、俺は彼女の口から手を離す。

「——ぷはぁ。何だよいきなり、口を塞いで……そんな急に迫られたらドキドキするだろー？」

エレナは息苦しさか、それとも別の理由か、赤い顔で文句を言う。

「悪かった。ただ別に迫ったわけじゃない。この街では俺がEternal Redの〝ソウタ〟ってことは秘密にしてるから、物理的に口止めさせてもらったんだ。あのままだとお前、穂高さんの前でべらべら喋ってただろ」

「ああ、そういうこと。ざーんねん。まあ事情があったのなら許してあげよう。美少年に口を塞がれるのは、正直悪い気はしなかったし」

にやりと笑うエレナに、俺はげんなりとした表情で応じる。

「相変わらず変な奴だな。大体、今の俺はもう美少年って感じじゃないだろ」

そんな評価を受けていたのは、小柄で華奢《きゃしゃ》だった〝ソウタ〟時代の話だ。

「まあ、そうだね。美少年ってよりは美青年か。大きくなったねー。ホント見違えたよ」

感心した様子で俺を観察するエレナ。

「……それなのによく気付いたな」

「最初は半信半疑だったよ。でも横でキミらの話を聞いてたからさ。あ、やっぱコイツあのソウタだわって確信した。熱いハート、変わってないじゃん」

自分の心臓を親指で差し、彼女はにやりと笑う。

声優の話やソラちゃんのことで熱くなっていたところをしっかり見られていたようだ。

「うっせーな、黙ってろ」

「わ、口わるっ！　さっきまで敬語で、アタシのことエレナさんって呼んでくれたのに！　実は結構ときめいてたのにー！」

「……あんたとは楽曲作りで散々喧嘩したからな。遠慮してたら好き放題蹂躙《じゅうりん》されて、あんたの色に染められる。だから自然と牙が剝《む》き出《だ》しになるんだよ」

苦々しい思い出を振り返り、俺は吐き捨てた。

「何だよそれー。アタシは肉食獣か何かかい？」

「似たようなもんだ」

ひょっとするともっと恐ろしい何かだ。

「えぇー、まあお互い〝食われる側〟じゃないってことは確かかもね」

そう言ってエレナは面白そうに笑う。

「というかさ、アタシ本気でキミのこと探してたんだよー？　次の作品の楽曲も頼もうと

思ってたのに……勝手にバンド解散して――事務所に聞いても連絡先教えてくれないしさ」

口を尖《とが》らせる彼女に、俺は溜息を返す。

「勝手にって――お前に許可取る必要ないだろ。この声を聞いて分かる通り、俺はもう〝ソウタ〟じゃいられなくなったんだ」

「ふぅん？　もう歌わないの」

「……ああ」

ずきりと胸が痛むのを感じながら頷く。

「えー、勿体《もったい》ない。今の声もカッコいいのに」

――どこがだよ。

適当なことは言わないで欲しい。ソウタの声とは天と地ほどの差があると俺自身が一番知っている。

「とにかく楽曲の件は諦めてくれ。まあ、バンドを続けていたとしてもお前の依頼は断ってただろうけどな」

それだけ前回の仕事は大変だった。

自分たちの曲が乗っ取られないように全力で戦う必要があったのだ。

「そんなぁ……歌が無理なら曲だけでも書いてよー」

エレナは駄々をこねて俺の腕を摑んでくる。

「曲も俺一人じゃあんたの求めるレベルのものにはならないよ。バンドの皆が奏でてくれるからこそ、理想に限りなく近づけるんだ」

「……それもそっか」

思ったよりもあっさりと引き下がり、俺の腕を離すエレナ。

「楽曲については一旦保留にしとくよ。キミたちに声を掛けたのは、それが目的じゃなかったからね」

「目的？」

俺は眉を寄せて問い返す。

「そ。キミ、ソラちゃんや他の子たちに色々教えてるんでしょ？　それで、アタシの作品でちゃんとした役を貰えるかどうかで教育方針を決める――みたいな勝負する流れになってたじゃん」

「勝負っていうか、まあ……大体合ってるけどさ」

戦うのは俺自身じゃないため違和感はあったが、大まかには認める。

「うん、でさ――これはちょっと言っておかないとって思ったのよ。その条件じゃ、勝負は成り立たないよってね」

「……どういうことだ？」

俺が聞き返すと、エレナは真面目な顔で答える。

「アタシが子供たちに頼もうと思ってるのは、ガヤと台詞の少ない端役だけ。それ以上を任せるのは、負担が大きすぎるしね。メインのキャラクターは、もう大体頭の中でキャストが決まってるんだ。まあ、オファーはまだだけど」

「そういうことか――」

確かにそれでは穂高さんが出した条件は達成不可能になる。

「うん、だからあの子ともう少し話し合った方がいいよ」

エレナにしてみれば、メインの役どころをやれると期待されるのも心苦しかったのだろう。

少しさっぱりした顔をしている彼女に、俺は言う。

「……いや、条件はあれでいいよ。そうじゃないと結果を出したことにはならない。だってソラちゃんが目指しているのは――きっと端役じゃないから」

俺の言葉を聞いたエレナは、興味深そうに片眉を動かした。

「へぇ、それどういうことか分かってる？　アタシが想定してるキャストは、アマもいるけど全員経験豊富な実力者よ？　そういう人たちから〝役を奪う〟ってことなんだけど」

「もちろん。他に方法がないなら挑戦するだけだ。難しいだろうけど、可能性はゼロじゃない。特に、作品に対して妥協をしないあんたが相手ならな」

彼女のイメージを上回ることができれば、きっと役をもぎ取れる。

笑みを浮かべて睨《にら》み返すと、エレナは肩を揺らして笑う。

「あははははっ！　キミも十分肉食系だよ。いいよ、キミの教え子がアタシの作品に牙を突き立てられるか試してみな。アタシも本気で受けて立つからさ。ふふ——何だかドキドキしてくるよ」

そこで彼女は指を一本立てる。

「そうだ。ホントは簡単な面談をして端役を割り振るつもりだったんだけど、ちゃんとしたオーディション形式にしよう。館長さんに今度台本を送っておくね。オーディションの本番はその読み合わせだから」

そう言うと彼女は俺の横を通り抜けて、歩き去っていこうとする。

「分かった。楽しみにしておいてくれ」

「——ハードル、極限に高くしとくからよろしくぅー。アタシの体、熱くしてくれよな！」

振り返らずに手を振って、彼女は駅の方向に消えていった。

「ヤバいな……」

一人になった俺はポツリと呟く。

大変な事態になってしまった。

条件も状況も大きく変わったが——ここでエレナと出会わなかったら、メインの役どころに挑戦する機会もなく終わっていただろう。

チャンスを得たと思えば儲《もう》けもの。

問題は戦う当人たちの気持ちがついてくるかどうかだった。

6

数日後、エレナからの台本が届いたところで俺は皆に事情を説明した。

「――というわけで、南エレナはそもそもメインのキャラクターを君らに任せることは想定してなかった。ただ逆に台詞の少ないちょっとした役なら、レッスンなんてしなくても希望者は全員採用してくれると思う」

ソラちゃんが本気すぎて俺の認識もズレていたが、これはあくまで子供向けのレクリエーションであり、希望者への配役もおまけ程度のものだったのだ。

児童館の広間に集まった少女たちは、俺の言葉にそれぞれ反応を見せる。

「そんな……」

ソラちゃんは分かりやすく落ち込んでいた。

ずっと目標にしていたものが最初からなかったと知ったのだから当然だろう。

「えーっ！　しのぶは主役がやりたいのー！」

忍ちゃんは感情を露《あら》わにして駄々をこねている。

「あたしはメインとかよく分かんないや。でもいっぱい練習してるんだし、紫苑と一緒にたくさん台詞がある役をやってみたいかも！」

あれから積極的にレッスンに参加している美沙貴ちゃんは、物足りなさそうな表情を浮かべていた。

「……わ、わたくしは別に美沙貴と一緒じゃなくても。ただ、これまでのレッスンが無駄になるのは残念ですわ」

当初、作品への出演に拘《こだわ》っていなかった東雲さんも複雑そうな反応だ。

――よし、これなら。

「よかった。やっぱり皆、それじゃ満足できないよな。俺の先走りにならなくて安心した」

「どういうことですか？」

東雲さんが不思議そうに聞き返してくる。

「エレナに、それでも役を取りに行くって宣言したんだよ。そうしたら彼女はちゃんとしたオーディションをすると言ってくれた。それが今配った台本の読み合わせだ」

俺はそう言って、皆の手にある冊子を示した。

それは大雑把な絵コンテの横に台詞が書かれたもので、メインキャストが多く登場する中盤のシーンから抜粋されている。

全体の一部ではあるが、読み合わせをすれば二十分ほどのボリュームはあるだろう。

「このシーンに登場するのは主人公の少女と、彼女が保護した子供、無邪気で残酷な敵の女の子と、彼女に従う機動兵器のAI。ちょうど四役だ」

ざっと見た感じ、エレナの新作はSF風な内容らしい。

「カナタさん、じゃあわたしたちがこの四人をそれぞれ担当するってことですか……?」

ソラちゃんが控えめに手を挙げて質問してくる。

「ああ、そういうことになる」

「じゃあ、しのぶはもちろん主役なのっ！」

すかさず忍ちゃんが大きな声で宣言した。

「え？　あ、あの……」

出遅れたソラちゃんはあたふたしていた。

俺はそんな彼女たちを見て言う。

「忍ちゃん、落ち着いて。配役はもちろん決めるけど、その前に言っておかなきゃいけないことがある。それは何も考えずに挑戦しても、勝ち目はないってことだ」

「そ、そんなことないもん！　しのぶは――」

それでも反論しようとする彼女に俺は言葉を被《かぶ》せる。

「エレナの頭の中ではたぶん既に作品が出来上がってる。彼女がオファーしようとしている声優の声で、もうキャラクターが動いているんだ」

その辺りはたぶん曲と同じ。

思い描いた時点で作品はほぼ出来ていて、あとは地道な実作業でその理想に近づけていくのだ。

「君たちがメインの役を得るには、エレナのイメージを超えないといけない。つまり声優として実績がある人たちよりも、自分の方が〝良い〟と思わせないとダメなんだ。それができる自信はある？」

「う……」

さすがの忍ちゃんも頷くことはしなかった。

他の皆も何も言わずに目を伏せる。

「皆も分かってると思うけど、今からどれだけ頑張ってもプロの実力を上回ることはできない。でも――全体じゃなくどこか一点だけなら、勝てる部分は見つけられるかもしれない」

俺の言葉に皆が顔を上げた。

「だから、本気で役を勝ち取りに行くなら、君たちの強みが出せる役を選ばなきゃいけないんだ。たとえば一番年下の忍ちゃんは、大人じゃ完全には再現できない〝本物の幼い声〟が出せる。だから勝てる可能性があるのは子供の役だろう」

　忍ちゃんはしばらく黙った後、挑むような眼《め》で俺を見た。

「……しのぶ、負けたくないの。勝てるかもしれないなら……そうするの」

彼女の上昇志向――野心がどこから出てくるものかは分からないが、結果を出すことが第一だと彼女は判断したようだった。

「ありがとう。美沙貴ちゃんは性格的に敵キャラの女の子とすごく相性が良さそうだから、自然体で演じればきっと高い評価が得られる。東雲さんはその相棒のアンドロイド役だな。聞きやすい声と滑舌の良さが良い方向に作用すると思う」

次に美沙貴ちゃんと東雲さんに合った役を提案する。

「紫苑、あたしたち相棒だって！　やったねっ！」

美沙貴ちゃんが嬉しそうに声を上げた。

「……役の中でも美沙貴のお守《も》りをするなんて気が重いですけれど、わたくし以外に任せられる人はいませんわね」

仕方ないという風を装いつつも、東雲さんも頬を緩めている。

二人は問題なさそうだと俺は胸を撫で下ろした。

「そして――一番厳しい戦いになると思うけど、ソラちゃんは主役に挑戦してほしい」

「……わたしで、いいんですか？」

不安そうに問い返してくるソラちゃん。

「ああ、主役っていうのは単純な実力だけじゃなくて唯一無二の〝特別なもの〟が必要になるはずだ。ソラちゃんの声は、その特別になりえると思う」

Eternal Redの曲においてはソウタの声がそうだった。

唯一無二の歌声が主役を張ることで、曲は最高のパフォーマンスを発揮できたのだ。

「わたしの声が……」

「あとはどれだけキャラクターに入り込んだ演技ができるかだな。基礎的な能力はこれ以上急には伸びない。本番まで残りの時間は全部読み合わせの練習に当てよう」

俺はなるべく元気な声で皆に呼びかける。

「……はい！　分かりました」

ソラちゃんが気合の入った声で答えると、皆も大きく頷いた。

初日の読み合わせは、仕方がないことではあるがあまりいい内容ではなかった。

これまでのレッスンの成果もあり、普通の朗読としては上手いと言ってもいいだろう。

ただ、噛まずにちゃんと読めているというだけで、まだ演技をする段階には至っていない。

レッスン後、いつものようにソラちゃんと二人の帰り道。

彼女はとぼとぼ歩きながら、大きく息を吐いた。

「はぁ……今日は全然ダメでした。演技しようとしても、台本が途中の部分だけだからキャラクターの感情がいまいち分からなくて……」

「まあそれはそうだな。皆も苦労してたよ」

俺は今日の読み合わせを思い出しながら言う。

キャラクターと相性のいい美沙貴ちゃんでさえも、状況とちぐはぐに思える演技が目立っていた。

「でも今ある部分から想像しなきゃいけないんですよね……」

「ああ、ただ想像しても他の人の解釈が違っていたら流れが破綻する。思ってたよりもかなり難しいな」

俺も溜息を吐いた。

「……自分のことだけを考えていてもダメなんだって思いました。皆のことも分かってないと、全然想像と違う演技をされて焦っちゃいます」

読み合わせの難しさをソラちゃんも実感したようだ。

「その辺りは回数を重ねて擂《す》り合わせるしかないのかな……一々止めて話し合うのも時間が限られてるから難しいし……」

児童館の広間は一時間しか使えないので、そんなことをしていたら一回の読み合わせすら終わらなくなる。

「うーん……読み合わせにも指揮者さんみたいな人がいればいいんですけどね」

ぽつりとソラちゃんが呟く。

「指揮者――か」

それは確かに今欲しい存在だった。

皆がバラバラではそれぞれの演技も引き立たない。

――けどやっぱり一々意見を言うのは……いや、全体の流れさえコントロールできればいいのか。

そこで思いつくことがあった。

「明日はちょっと指揮者みたいなことができないか試してみるよ」

「ほ、本当ですか……？　カナタさん、やっぱりすごいです……」

褒められた俺は頭を掻く。

「いや、上手くいくとは限らないけどね。そのためにも今日は俺もしっかり台本を読み込んでおくよ」

台本を収めた学生鞄《かばん》を叩き、俺は笑う。

「わ、わたしも頑張ります……！」

ソラちゃんも手にしていた台本を胸に抱き、強い口調で告げたのだった。

7

「今日は読み合わせにBGMをつけようと思う」

翌日のレッスンを始める前に俺はそう宣言する。

「びーじーえむ？」

美沙貴ちゃんがきょとんとした顔で聞き返してきた。

「アニメとか映画の中で流れる音楽のことだよ。それを今回は俺がピアノで弾く。明るいシーンの時は明るい曲を、暗いシーンは暗い曲を――そうやって音楽で雰囲気を作るから、皆はそれに合わせて演技をしてみてほしい」

これが昨日思いついた〝指揮者みたいなこと〟。

俺の解釈になってしまうが、これなら演技がちぐはぐになることはない。

「もしここは雰囲気が違うと思ったら遠慮なく言ってくれ、それに合わせて調整するから。まずは試しに一回通してやってみよう」

俺はそう言ってピアノの前に座り、鍵盤に指を置いた。

読み合わせの邪魔をしないように、音はなるべく小さく。けれどしっかり感情を込めて、鍵盤を叩く。

演奏が始まると皆はしばらく戸惑ったような様子だった。

どこから始めればいいのか分からないのだろう。

だから俺は冒頭の明るい日常シーンに合う軽快な曲へと演奏をシフトする。

それで彼女たちにも物語の開始が伝わったらしく、音楽に合う明るい演技で読み合わせをスタートした。

まるで彼女たちの声を借りて歌っているようだ。

まさしく指揮者のように場の空気感をコントロールし、皆の演技を調律する。

これもまた音楽なのかもしれない。

だってこんなに楽しいのだから。

譜面台に置くのは台本。

シーンの移ろいに合わせて即興で曲を弾く。

基本はクラシックのアレンジ。けれど段々とオリジナルが占める割合が増えていった。

この読み合わせを、自分の作品にしてしまいたいという欲求さえ生まれる。

――いや、ダメだ。そこまで我を出しちゃいけない。主役はあくまで演じる皆だ。

それに俺たちだけでこの作品を完成させることはできない。

エレナの作る映像が必要なのはもちろんのこと、台本の中盤には日常のダイジェストを描いたシーンがあり、そこには台詞ではなく簡潔に〝挿入歌〟とだけ記されていた。

台詞がないので、読み合わせでは飛ばすシーンだ。

けれど俺はこのシーンをエレナがチョイスしたことに意図的なものを感じていた。

——悪いが俺は歌えないんだよ。

胸の中でエレナにそう告げて、挿入歌のシーンは軽い演奏で流す。

場面の転換が分かるように曲調を変えると、皆はまたそれに合わせて演技を始めた。

そして読み合わせが終わると、皆は一斉に俺の元へ集まってくる。

「カナタさん、すごいです！　昨日よりとっても演技がしやすかったです……！」

ソラちゃんは声を弾ませて言う。

「カナ兄のおかげでどんな風に台詞を読んだらいいのか分かったよっ！」

ぴょんぴょん飛び跳ねて言う美沙貴ちゃん。

「しのぶもびっくりしたの。何だかもうアニメの中にいるみたいだったの！」

「何より演奏が素晴らしかったですね。自分の出番がない時はつい聞《き》き惚《ほ》れてしまっていました」

忍ちゃんと東雲さんも褒めてくれる。

この指揮者作戦は成功のようだ。

「皆の助けになったならよかった。でも自分の解釈と違う部分もあったはずだ。まずはそれを教えて欲しい」

「あ、それならしのぶは――」

早速忍ちゃんが手を挙げて、遠慮のない意見を述べる。

確実に前へ進めている。

やれるだけのことをやって本番に臨めるはずだと、俺は確信を抱いていた。


皆がやるべきことを見出《みいだ》し、努力を積み重ねていく。

そんな日々は充実していて、慌ただしいが充実した日々が過ぎていった。

そうした中で俺の日常にも変化が現れる。

登校時――雛野駅で電車を降り、学校まで歩く途中でよく彼女たちと顔を合わせるようになった。

「カナ兄、おっはよー！」

「藤波先輩、おはようございます」

大通りの交差点で信号待ちをしていると、横から美沙貴ちゃんと東雲さんに声を掛けられた。

「おはよう、今日も会ったな」

わりと時間ギリギリに登校している俺と彼女たちの通学時間が被るらしく、こうして顔を合わせることが多い。

逆にソラちゃんや忍ちゃんの姿は滅多に見かけなかった。二人は優等生ということだろう。

「今日も美沙貴が寝坊したせいで遅刻寸前ですわ。毎朝起こしに行く身にもなってほしいです……」

東雲さんは呆れた顔で隣の美沙貴ちゃんを見た。

「えーっ！　寝坊したのは夜遅くまで紫苑の相談に付き合ってたからでしょー！」

美沙貴ちゃんが頬を膨らませて言い返すと、東雲さんは慌てて彼女を制止する。

「ちょっと美沙貴！　それを藤波先輩の前で言わないでくださいませ！」

「あっ」

やってしまったという顔で美沙貴ちゃんは自分の口を押さえた。

「……何か俺に関係あることなのか？」

この状況で聞かなかった振りもできないので、そう訊ねてみる。

すると東雲さんは諦めた様子で大きく嘆息した。

「はい——わたくしたちレッスンに参加させてもらったのに、何もお礼ができていませんん。だから藤波先輩が喜ぶようなことを何かできないか、美沙貴と話し合っていましたの」

「いや、そんな気にしなくても……」

　ソラちゃんも拘っていたが、最近の小学生は少し義理堅すぎるのではないだろうか。

「気にしますわ。藤波先輩には前も助けていただいたのに、借りばかり作っていては申し訳が立ちません」

　きっぱりと言う東雲さん。

「ねえ紫苑、やっぱりアレしかないんじゃない？　絶対カナ兄は喜んでくれるって！」

　そこで美沙貴ちゃんが声を上げると、何故か東雲さんは顔を赤くする。

「ええっ……ですが、それはさすがに……」

「もうっ、せっかくのチャンスなんだからあたしはやるよ！　えいっ！」

　そう言って美沙貴ちゃんはいきなり俺の腕に飛びついてきた。

「え――み、美沙貴ちゃん？」

　彼女は同年代の子より発育がいいので、そんなことをされると動揺してしまう。

「ほら、早く紫苑も！」

　だが俺の反応に構わず、美沙貴ちゃんは東雲さんを促す。

「……分かりましたわ」

　覚悟を決めた顔で頷くと、東雲さんは遠慮がちに空いていた方の手を握ってきた。

「な、何のつもりだ？」

　周りの目を気にしながら問いかける。

するとと美沙貴ちゃんは得意げにこう答えた。

「ふふん、女の子と一緒に通学するのって〝オトコのユメ〟なんでしょ？　この前、男子から取り上げた――じゃなくて貸してもらったラブコメ漫画にそう描いてあったよ！　だからこれから朝に会ったら、手を繋いで登校してあげる！」

東雲さんも恥ずかしそうにしながらも頷く。

「藤波先輩の夢を一つ叶えられるのでしたら、わたくしも頑張りますわ。ただ……殿方の手というのは、こんなに大きいのですわね」

まさに両手に花の状況。

ただ俺は周りの通行人がざわつき始めるのを感じていた。

「ふ、二人とも気持ちは嬉しいよ。本当にありがとう。夢は確かに叶ったかもしれない」

礼を言いつつ、優しく二人の手を解く。

「でもこういうのは恥ずかしいだろうし、今回だけで十分だよ。じゃ、じゃあ俺はちょっと急ぐから！」

信号が青になると同時に、俺は走り出す。

「あっ！　カナ兄、待ってよーっ！」

「ごめん、また児童館でな！」

引き留めようとする美沙貴ちゃんに謝って俺は朝の雑踏に紛れ込む。

二人の気持ちは本当に嬉しいが、問題は彼女たちが小学生だということ。

人通りの多い朝の通学路でこんな目立つことを毎日繰り返していたら、いつか通報されかねない。

そうなったら俺の新たな学生生活は一巻の終わり。

呼び止められても、足を止めるわけにはいかない。

俺の新たな人生はまだ始まったばかりなのだから。


また別の日、俺は児童館で忍ちゃんに声を掛けられた。

「お兄ちゃん、ちょっとこっち来て」

彼女はそう言って、児童館の裏手に俺を連れて行く。

何の用だとは聞かなかった。

彼女の手には、オーディションで使う読み合わせ用の台本が握られていたから。

「これから台詞を読むから聞いてほしいの」

「ああ、分かったよ」

俺は頷いて児童館の壁に背中を預け、聞く態勢になる。

今日は他のボランティア委員が多く来ているので、俺が少し抜けても問題はないはずだ。

「じゃあ、いくの」

忍ちゃんは一度深呼吸をしてから台本を開き、台詞を読み始めた。

普段のレッスンで読むのは、彼女が担当する子供の役だけだ。

けれど今回は彼女が全員分を担当する。

——練習してるな。

それが分かる朗読だった。

子供役だけでなく、ソラちゃんが担当する主人公も、美沙貴ちゃんと東雲さんが演じる敵役もしっかり演じ分けている。

普段のレッスンで皆の演技を聞いているだけでは、ここまでの完成度には至らないだろう。

しばらくして台本を読み終えた彼女は、挑むような表情で俺を見た。

「お兄ちゃん、しのぶ……どうだった？」

「上手だったよ。子供役は確実に上達しているし、他の役も忍ちゃんなりの個性が出ていてよかったと思う」

俺は正直に感想を伝える。

「ホント⁉　それなら——主役は、ソラお姉ちゃんと比べてどう？」

彼女は顔を輝かせると、真剣な顔で俺に詰め寄ってきた。

――やっぱりそれが目的か。

何となく予想はできていた。だから落ち着いて、冷静に言葉を返す。

「忍ちゃん自身は、どう思ってる？」

そう問いかけると、彼女はぐっと奥歯を噛みしめ――俺の腰に抱き付いてきた。

「お兄ちゃん！　しのぶ、やっぱり主役がやりたいの！　だから自分の台詞だけじゃなくて、主役の台詞もいっぱい家で練習したの！　それでも……しのぶじゃダメなの？」

潤んだ瞳で見上げられ、心は揺れる。

けれど、ここで情に流されては誰も幸せにはなれない。

「ああ、今の時点じゃ忍ちゃんよりもソラちゃんの方が可能性はある」

俺は南エレナの前作をよく知っている。

声優に関しての知識はないが、それでも求められるレベルの高さは骨身に沁《し》みていた。

「っ――」

忍ちゃんは唇を噛むと、俺の胸をポカポカ叩いてくる。

「うぅーっ！　お兄ちゃんのバカバカ！　何で分かってくれないの！」

俺は駄々をこねる彼女の頭に手を置き、優しく言う。

「確かに、俺には分からないことがたくさんある。でも……忍ちゃんには、分かってるんだろ？」

それは先ほどと同じ意味合いの問いかけ。

ソラちゃんと比べてどうなのか。それを問い返した時、忍ちゃんは答えるのを避けていた。

「…………もちろん、分かってるの。ソラお姉ちゃんはすごくて……追いつけないの。だからお兄ちゃんに、違うって言ってほしかったのに」

涙目で文句を言われ、俺は頭を掻く。

「ごめん。でも忍ちゃんには嘘を吐きたくないよ」

そう答えると彼女はわずかに目を見開き、ゆっくりと俺から離れた。

「お兄ちゃんは……何だかちょっと、エレナお姉ちゃんに似てるの」

忍ちゃんはそう呟いて俺を見上げる。

「パパもママも先生も館長さんも、みーんなしのぶに優しいのに……エレナお姉ちゃんは優しくなかったの。だから……特別だったの」

俺の服をぎゅっと摑んだ彼女は、瞳に強い意思の光を宿す。

「お兄ちゃんにも、いつかしのぶが一番だって言わせてみせるの。今回はソラお姉ちゃんに勝てなかったけど……次は勝つから！」

「ああ、その言葉覚えておくよ」

俺が頷くと、忍ちゃんはにこりと笑みを浮かべてから俺のお腹《なか》に額を押しつける。

「……忘れちゃ、やなの」

最後にそう言い残して、彼女は走り去っていった。

——あんな目を見たら、忘れられるわけないさ。

どこまでも貪欲で、だからこそ全力。

そんな忍ちゃんの在り方は、俺にとって好ましいものだった。


そうしてあっという間に時は過ぎ、ゴールデンウィークが間近に迫る。

学校には少しずつ馴染《なじ》んできたが、放課後や休日に遊びに行くような友人はまだいない。

しかしそれでも今は問題がなかった。

平日は毎日児童館でボランティアをして、その後は皆とのレッスン。ゴールデンウィークにはついに本番である五月のレクリエーションがある。

「それで調子はどうなの？」

放課後——今日は部活があるという穂高さんが、席を立つ前に話しかけてきた。

「悪くないよ。皆、すごく頑張ってるし役にもハマってきた。本番で全力さえ出せれば、可能性はあるよ」

「可能性……か。藤波くんは、それを信じてるのよね。強いなぁ……私は自分がオーディションを受けるわけじゃないのに、不安で仕方ないわ」

俺と勝負をするという状況にはなっているが、穂高さんは皆のことが心配らしく、表情を曇らせていた。

「ここまできたら皆は全力でぶつかるしかないし、俺はそれを応援するしかないってだけだよ。これは確率で決まるような賭けじゃなくて、誤魔化しの利かない実力勝負なんだから」

パーセンテージで測れるものではない。

声の演技でエレナの心を変えられるかどうかの戦いだ。

「……藤波くんは、どうして笑えるの？　色々と責任を感じてるはずなのに……怖くないの？」

彼女に指摘されて俺は自分の顔に手を当てる。

「笑ってたか？」

「ええ、すっごい楽しそうに」

頷く穂高さん。

「――じゃあたぶん、楽しいというか楽しみなんだろうな」

ライブ前に似た緊張感と高揚感が心に満ちている。

皆と共に困難に挑むことに、俺はワクワクしているのだ。

「ホント変な人。でも……だからソラちゃんたちも付いていくのかな。私も——藤波くんのことが、ずっと頭から離れないし」

そう言って彼女は溜息を吐く。

「え——」

ドキリとする台詞に息を呑む。

「デートのこと、忘れないでね。レクリエーションが終わるまでは、さすがに遠慮するけどさ」

「あ、ああ」

ぎこちなく頷くと、彼女は満足そうに笑う。

「レクリエーションはもちろん私も手伝いに行くから。オーディションも見学していくつもり」

「ああ、ぜひ見て行ってほしい」

皆の積み上げてきた成果を。

俺は部活に行く穂高さんを見送ってから、一人で児童館へ向かった。

今日はレクリエーション前の最後のレッスン。

読み合わせで細かい調整をしなければと気合を入れる。

だが児童館に着いて気付く。

い。

――ソラちゃんがいないな。

体力作りも兼ねて最近は子供たちと外遊びをしているソラちゃんが、広場に見当たらない。

ソラちゃんだけは本当に毎日一日も欠かさずにボランティアへ来ていた。

だから少し遅れているだけだろうと考えていたのだが――閉館時間になっても彼女は現れず、彼女を抜いて読み合わせをすることになってしまった。

レッスン後、俺は汀さんにメッセージを送ってみる。

『今日ソラちゃん来てなかったんですが、何かありましたか？』

俺は帰路を歩きながら返事を待つ。

ちょうど雛野駅に着いたところでスマホが震えた。

『ソウタくん、こんばんは！　実は今日ソラに蕁麻疹《じんましん》が出て、微熱もあったから学校を休ませたの。あ、疲れたりするとたまにあるやつで、そんなに心配は要らないから。でも私今日は帰りが遅くなりそうで――もし時間があったらソラの様子を見に行ってくれないかな？　後でお礼はするから！』

それがメッセージの内容。

――蕁麻疹？　疲れって……頑張りすぎてたのか。

風邪でないのならすぐ回復しそうだが、オーディションが間近に迫っている状況でソラちゃん自身も焦っているだろう。

『お礼はいらないですよ。明日から連休ですし、特に予定もないので汀さんが帰ってくるまでソラちゃんを看《み》てます』

返事は迷わなかった。

『ありがとう！　ソウタくん愛してる！』

そのメッセージには簡単にスタンプだけを返し、お見舞いの品を買うために駅構内にある菓子店へ入る。

そこで食べやすそうなゼリーを買った後、俺はソラちゃんの家に向かった。

もう歩き慣れた道。

何度も夕食をご馳走になったことで、一人きりの自宅よりこちらの方が〝家〟という感覚がある。

静かな住宅街の中にある集合団地。その四階が彼女の部屋だ。

ピンポンとチャイムを鳴らすと、しばらくして内側から鍵の開く音がした。

ドアの覗《のぞ》き穴で俺であることは分かっていたらしく、扉から顔を出したソラちゃんは畏まった様子で問いかけてくる。

「か、カナタさん……どうしたんですか？」

彼女はピンク色のパジャマを着ており、顔は確かに少し熱っぽく見えた。

「お見舞い。汀さんに事情を聞いたんだ」

見舞いの品が入ったビニール袋を示して答える。

「ええっ！　そんな――あの、わたしちょっと蕁麻疹が出ちゃっただけで……」

「それも聞いた。でも汀さんに今日帰りが遅くなるからソラちゃんの様子を見てほしいって頼まれたんだよ。俺も心配だし、汀さんが帰ってくるまで傍《そば》にいる」

申し訳なさそうな顔をする彼女に、俺は強い口調で告げた。

「あ――えと、あ、ありがとうございます……」

熱っぽそうな顔をさらに赤くして、ソラちゃんは礼を言い、扉を大きく開けて俺を招き入れた。

「お邪魔します。ソラちゃんは寝てていいよ。部屋に飲み物を持っていくから」

パジャマ姿の彼女の髪は横に跳ねており、ついさっきまで横になっていたことが分かる。

「は、はい……」

ソラちゃんは扉が半開きだった自分の部屋に入り、俺はキッチンに向かった。

食事の準備や後片付けを一緒にしたりしたので、大体の物の位置は把握している。

ポットにあったお湯を使い急須でお茶を入れ、ゼリーと一緒にお盆に乗せて彼女の部屋へ持っていく。

――そういえばソラちゃんの部屋に入るのは初めてだな。

急に来てしまったが、俺が立ち入っても大丈夫だろうか。

心配になりノックをして確認する。

「ソラちゃん、開けてもいい？」

「……いいですよ」

返事が返ってきたので扉を開けた。

寝ていたはずだが、部屋の電気は点《つ》いている。

学習机と本棚、クローゼットにベッド。主な家具はそれだけの小さな部屋だ。

ソラちゃんはベッドに横になり、口元まで掛布団で体を覆っている。

枕元にはオーディションの台本が置かれていた。

恐らく寝ながらも台本を確認していたのだろう。

「温かいお茶を淹《い》れてきたよ。ゼリーは食べられそうだったらって感じで」

ベッドの脇にお盆を置き、彼女に話しかける。

「ありがとうございます……いただきます」

ソラちゃんは体を起こし、湯呑みを受け取った。

ゆっくりと一口飲み、彼女はふぅと息を吐く。

「蕁麻疹は大丈夫そう？」

長袖のパジャマなので彼女の状態を判別することはできず、俺は問いかける。

「はい、だいぶ治まってきました。今日ゆっくり休めば熱も引くと思います」

「そうか――ならよかった。でもレッスンを頑張らせすぎたせいだよな。もうちょっと意識的に休みを入れるべきだった」

俺自身が熱くなっていたこともあり、そこまで気が回らなかったことを後悔する。

「いえ……ホントにそこまで心配してもらうことじゃ……実は年に何回かこういうことがあるんです。たぶん、体質的な問題だから……気にしないでください」

ソラちゃんは恐縮した様子で言う。

「それでもソラちゃんが無理をしていたのは確かだ。今後は気を付ける」

「今後――」

そこで彼女はわずかに目を見開く。

「あの……カナタさんは、オーディションが終わった後もレッスンを続けてくれるんですか？」

「え？　そりゃあ別にオーディションのためにレッスンを引き受けたわけじゃなかったし。他の子は分からないけど、少なくともソラちゃんが望む間は続けるつもりでいたよ」

彼女が言ったのは〝声優になるためのレッスンをしてほしい〟ということ。

南エレナのオーディションは単に近い目標の一つであり、あくまで途中経過だ。

「よかったぁ……何となく、オーディションで全部終わっちゃうんじゃないかって……そう思ってて……」

心底安堵した様子でソラちゃんは表情を緩める。

「そんな勝手に投げ出したりしないって。ただ、これからちょくちょく休みは入れるけどな」

「──はい。あ、ゼリーも貰っていいですか？　お腹……ちょっと空いてて」

少し元気が出たらしく、ソラちゃんは俺からゼリーとスプーンを受け取った。

「もしかしてお昼食べてない？」

「いえ、ちゃんと食べましたよ……？　その……カップラーメンだけ」

小さな声でソラちゃんは答える。

「こういう時はちゃんとしたものを食べないとダメだぞ？」

呆れながら俺は言う。

「こういう時だから……余計に美味《おい》しそうに思えて」

恥ずかしそうに呟くソラちゃん。

「まあ、気持ちは分かるけどさ。さっき冷蔵庫見たら冷凍食品がそれなりにあったし、夜は俺が少しはマシなものを用意するよ」

「……申し訳ないです」

彼女は体を小さくしてゼリーを食べる。

ゼリーの後はもう一度温かいお茶を飲んでから、彼女は再びベッドに横になった。

「寝るなら外に出た方がいいよな」

眠るに眠れないだろうと俺は腰を上げようとする。

だがソラちゃんは布団の端から手を伸ばし、俺の腕を摑んだ。

「あ――行かないで、ください。いてくれた方が……嬉しいです」

「……分かった」

彼女がそう言うならと俺は部屋に留まる。

「けど、黙って傍にいられるのも居心地悪くないか？」

手持ち無沙汰なこともあり、俺は彼女に訊ねた。

「じゃあ……あの、子守歌代わりに台本を読んでもらえませんか……？」

枕元に置いてあった台本を俺に差し出すソラちゃん。

「俺が台本を？」

「カナタさんがどんな風に演じるのか……興味があるんです。きっと本番の参考になると思います」

こんな状態でもソラちゃんはオーディションのことを最優先に考えているようだった。

「了解。ただ、声は抑えめで行くからな」

病人の傍だし、隣室から苦情が来ても困る。

「はい、お願いします」

そう言ってソラちゃんは目を閉じた。

子供に寝物語を読み聞かせる気持ちで、俺は台本を読み始める。

正直、台詞はほぼ暗記してしまっている。皆で演技を摺り合わせる過程で、各キャラクターの解釈もほぼ固まっていた。

「――――――――」

静かに、だが込める感情の濃度は最大限に、俺は台本を読み進めていく。

本当に寝てしまったのか、ソラちゃんはすーすーと規則的な寝息を立てている。

だがまだ完全に寝入ったかは判別できないので、とりあえず最後まで読むことにした。

そして中盤の、挿入歌と共にダイジェストを流すシーンに来る。

ここはいつものように飛ばせばいい。だが……。

――子守歌代わり、か。

レッスンで読み合わせのBGMを奏でる中、このシーンのメロディも即興で何度も弾いた。

その中で自然と出来上がってしまったのだ。

この場面に相応《ふさわ》しい曲が。

思い描いただけで、まだ一度も形にしたことはない。

でもこの曲を音にしたいという欲求は常にあった。

問題は肝心の俺の声が壊れてしまっていること。

こんな声で歌う曲を聞かせたくはない。特に〝ソウタ〟の声を知っている人間の前では。

——でも、ソラちゃんは以前の俺を知らない。

それに今は眠っていて、夢うつつだったとしても子守歌だと思ってくれるだろう。

なら——。

「——————…………」

衝動を抑えきれず、俺は小さな声で歌い始める。

誰にも聞かせたくない歌を、聞くに堪えない声で紡ぐ。

——本当に酷《ひど》い歌声だ。

自分の声に絶望するが、それでも心の奥に熱が宿る。

歌うことは、楽しい。

誰にも、自分自身にも求められていない歌でも、歌うことは俺にとっての本能だった。

眠っていても観客がいるからこそ、歌に心を込められる。

ダイジェストシーンの尺に合わせた歌を終えると、視界が滲《にじ》んでいた。

制服の袖で目元を拭う。

そしてソラちゃんの方を見ると、目が合った。

「あ」

しまったと自分の口を塞ぐ。

夢うつつどころか、彼女はしっかり起きていた。

あの最低な歌を聞かれてしまった。

「カナタさん、どうしてそんな顔をするんですか……？　すごく……いい歌だったのに」

不思議そうにソラちゃんが問いかけてくる。

「──そんなわけない。俺の歌なんて、酷いもんだ」

「酷い……？　何でそんなこと……」

「俺は──自分の声が大嫌いなんだよ」

真っ直ぐな彼女の目から視線を逸らし、俺は理由を答えた。

「そう……だったんですね」

ソラちゃんは小さく呟く。

しばらく部屋に沈黙が落ちた。

やがて、ソラちゃんは何かを決心した顔で言う。

「わたしは……好きです」

「え？」

戸惑う俺に、彼女は熱に火照った顔で繰り返す。

「わたしはカナタさんの声も……歌も、好きです。大好きです。もっと聞いていたいです」

「ソラちゃん……」

励まされているのかと思ったが、彼女の瞳はひたすらに真剣だった。

「カナタさんがどうして自分の声を嫌うのかは分からないけど……わたしは好きだから……できればもっと、優しくしてあげてください」

――優しく？

それは思ってもみない表現だった。

確かに俺は自分の声を厳しく評価している。〝ソウタ〟の声とは比べるべくもないものだと。

優しくなんてできるはずもない。でも――。

ソラちゃんは体を起こし、俺の喉にそっと触れた。

「自分の好きなものを酷く言われたら……悲しいです」

「――――」

何だか、本当に自分が酷いことをしてしまったかのような――罪悪感が込み上げる。

そこでソラちゃんは、苦笑を浮かべた。

「前にちょっと言いましたけど……わたしも自分の声が嫌いでした。皆と違っていたから……声を出すことも怖かったんです。でもエレナさんがその声を褒めてくれて、そしたらすごく自分の声が大切なものになりました」

そう語った後、ソラちゃんは俺を見つめながら言う。

「だからわたしもカナタさんの声を褒めます……！　わたしなんかの意見は参考にならないかもしれないけど……でも、褒めますから……！」

ソラちゃんは一生懸命だった。

こんな俺の声のために頑張ろうとしてくれている。

今にも泣きそうな顔で必死に――。

「………分かった。俺もちょっとだけ優しくなれるように努力してみるから、そんな顔はしないでくれ」

俺の喉に触れている彼女の手を握り、優しく言う。

「本当、ですか？」

「ああ」

俺が頷くと、ソラちゃんは安堵の表情を浮かべた。

「……よかったぁ」

気が抜けた様子で、彼女はポスンと枕に頭を落とす。

「今度は……本当に寝れそうです」

「朗読は続ける？」

「いえ――手を、今のままで……それだけで……」

きゅっと俺の手を握り返し、彼女は目を閉じた。

「そうだ……カナタさん。初めて会った時のこと……覚えてますか？」

ぼんやりとした口調で問いかけてくるソラちゃん。

「初めてって……児童館の時？」

「――やっぱり気付いてなかったんですね。わたし、その前にカナタさんと会ってるんですよ？」

「そう……なのか？」

驚いて俺は聞き返す。

いや、思い返してみれば俺も児童館でソラちゃんを見た時、見覚えがあるような気がしていた――。

「始業式の日……同級生の子に帽子を取られたわたしを、カナタさんが助けてくれたんです」

「あ」

それで記憶が蘇《よみがえ》る。

確かにあの時の子はソラちゃんだった。

「思い出してもらえて……よかったです。わたしがあげた猫のキーホルダー……いつも鞄につけてくれてて、嬉しいです」

薄目を開けて俺を見た彼女は微笑む。

そういえば白猫のキーホルダーはずっと付けたままだった。

「もっと早く言ってくれてもよかったのに」

「だって……恩があるのに、頼み事なんて……しづらいじゃないですか」

その返答に俺は笑う。

「はは、それもそうか。意外にしたたかなんだな」

「……ごめんなさい。でも、ずっとお礼を言いたかったんです。あの時助けてくれて……ありがとうございました」

彼女は申し訳なさそうに布団で顔を半分隠しつつ礼を言った。

「いいよ、あれは半分自分のためだから」

あの状況を見ているのが嫌だっただけ。

ソラちゃんのためにやったというのは、少し違う気がした。

「それでも……嬉しかったです。また会えた時も……すっごく……まるで……運命みたいだって……」

そこで彼女の言葉は途切れ、寝息に変わる。

瞼《まぶた》も完全に閉じられ、今度こそ眠ったらしい。

「運命か……」

俺もソラちゃんとの出会いには何か特別なものを感じていた。

自分が失った声という才能――その原石を持つ彼女に、俺は自分自身を投影しているのかもしれない。

でも、そんなかつての俺とも言うべき彼女が、今の俺の声を好きだという。

ただ、約束した通り、優しくできるかは分からない。

けれど――ソラちゃんの言葉が心の中にある限り、もう本気で自分の声を嫌うことなどできそうにはなかった。

結局その日は汀さんが帰ってくるまでソラちゃんの傍にいた結果、終電の時間が過ぎてしまった。

自宅までは歩ける距離ではあったが、汀さんの強い勧めでその日はソラちゃんの家に泊まり――翌朝早くにお暇した。

初めての朝帰り。

ソラちゃんはもう熱が下がったようなので、本番は大丈夫なはずだ。

俺は始発電車に揺られながら、流れゆく窓の景色を眺める。
近くにいる大学生らしき男性のイヤホンから漏れ聞こえてくる音楽。
それはEternal Redの代表曲〝赤い叫び〟。
これまでなら逃げるように車両を移っていただろう。
けれど今の俺は、ただ懐かしさだけを感じていた。

幕間《まくあい》　ちいさな願い

1

それは目標に向かって努力する少女たちの日常――その一幕。

数日前。

いつもの児童館ではなく小学校の中で起きた、ちょっとした偶然。

昼休み――体力作りのため、学校でも積極的に外遊びに参加するようになった白瀬空《しらせそら》は、校庭端の手洗い場で手についた砂を落としていた。

「あ、ソラお姉ちゃん」

すぐ横から聞こえた声。

ソラがそちらを見ると、鈴森忍《すずもりしのぶ》が立っていた。

「忍ちゃん、こんにちは。学校で会うと、少し変な感じだね」

洗った手をハンカチで拭きつつ、ソラは苦笑する。

「ん――そうかも。ソラお姉ちゃん、何してたの？」

「さっきまで、みんなとドッジボール。忍ちゃんは？」

「鬼ごっこ。しのぶ、一度も捕まってないの」

そう言いながら忍はきょろきょろと周囲を見回した。

「そうなんだ、忍ちゃんはすごいね」

ソラは素直に褒めるが、そこで忍は複雑な表情を浮かべる。

「……うん、しのぶはすごいの。でもお兄ちゃんが選んだのはソラお姉ちゃんだったの。しのぶはまだまだなの」

忍が何について言っているのか、付き合いの長いソラにはすぐ分かった。

「主役、やっぱりやりたかったんだ」

「うん」

ソラの言葉に、忍は頷《うなず》く。

「忍ちゃんに〝自分がやってればよかった〟って思われないよう頑張るね」

真面目な表情でソラは言う。

「むー……ソラお姉ちゃんって、しのぶにだけは優しくないの」

頬を膨らませる忍。

「だって忍ちゃんはライバルだもん」

笑顔でソラが答えると、忍も笑みを浮かべる。

先ほどの不満げな様子から一転。気分良さげに口を開く。

「そのとおりなの！　お兄ちゃんにも、エレナお姉ちゃんにも、しのぶの方がすごいんだって証明してみせるの」

　そこで忍はハッとした表情で後方を向く。

「鬼が来たの！　ソラお姉ちゃん、また後でなの！」

「うん、また後で」

　駆け去っていく忍を見送った後、ソラはポツリと呟《つぶや》いた。

「――わたしも、負けないよ」

　校庭に溢《あふ》れる子供たちの声と、吹き抜ける初夏の風に彼女の言葉は掻《か》き消《け》される。

　けれど外には届かなくとも、内には響く。

　彼女の心には、自身への誓いが深く刻み込まれていた。

2

　ゴールデンウィーク前のレッスン後。

　桜乃美沙貴《さくらのみさき》と東雲紫苑《しののめしおん》は、いつものように並んで家路を歩いていた。

　二人の家は隣同士。

　行きも帰りも向かう先は同じ。これまではずっとそうだった。

「はぁ、もうすぐ本番ですわね。やれるだけのことはやりましたけど――それで本当にちゃんと役を貰《もら》えるものなのでしょうか」

紫苑が溜息《ためいき》を吐いて呟く。

「大丈夫だよ！　カナ兄だって可能性はあるって言ってたじゃん！」

それを聞いた美沙貴は、明るい声で言う。

「ですけど、何パーセントぐらいかは言ってくれませんでしたわ」

けれど紫苑は憂鬱な表情のままだ。

「もうっ、紫苑は細かいなぁ。合格できるかもしれないなら、五十パーみたいなものだよ！」

「……美沙貴は相変わらずお気楽ですわね」

もう一度大きく嘆息する紫苑。

「紫苑の方こそ、いつも以上に真面目っていうか超真剣じゃん。最初は渋々って感じだったのに」

「それは――こんなに頑張ったんですもの。できれば結果は出したいですし」

そう答える紫苑だったが、美沙貴が顔を寄せると目を逸《そ》らす。

「あ、ホントのこと言ってないー。あたしには分かっちゃうんだからね！」

「う……全く、面倒な幼馴染《おさななじみ》ですわ」

「あははっ！　それはお互いさまー！」

楽しそうに笑いながら美沙貴は言う。

「でも別に嘘《うそ》を吐いたわけじゃありませんわよ。結果を出したいのは本当です。せっかくこうやって一緒に頑張れる機会を得られたんですから……できれば、いい思い出にしたくて……」

それを聞いた美沙貴は、紫苑の手を握る。

「――なるよ、絶対。ずっと残る思い出になる」

「ええ……そうですわね」

紫苑の手を握り返し、祈るように紫苑は呟く。

一番星が輝く夕闇の中、二人は家に着くまで手を離すことはなかった。

第四章　声を遠くに

1

ゴールデンウィークの只中《ただなか》に開催される五月のレクリエーション。

内容は南《みなみ》エレナを招いてのアニメ映画上映会と体験コーナー。

出演希望者の面談もといオーディションは午後からだ。

ただまずは、ボランティア委員としてレクリエーションの運営を頑張らねばならない。

「南エレナよ。後輩ちゃんたち、今日はよろしくぅー！」

相変わらず派手な装いで児童館に現れたエレナは、会議室に集まった俺たちを前に挨拶をする。

「今日の進行は基本的にエレナさんが行ってくれるわ。ボランティア委員の皆さんにはその補助をお願いしたいの。上映中に騒ぐ子がいたら優しく声を掛けてあげたり、じっとしていられない子がいたら外に連れだして相手をしてもらえると助かるわ」

館長は俺たちがやるべきことを説明した。

俺、穂高《ほだか》さん、ソラちゃん、美沙貴《みさき》ちゃん、東雲《しののめ》さんの五人は頷《うなず》く。

そして開場時間になりレクリエーションが始まる。

使うのはいつも俺やソラちゃんたちがレッスンに使っている広間。

そこにはスクリーン設備もあり、暗幕のカーテンで部屋を暗くすればミニシアターに早変わりする。

はしゃぐ子供たちを俺たちは広間に誘導していった。

前回と同じく保護者が多かったこともあり、出だしはそこまで苦労することはなかった。

南エレナが登場すると、子供たちより保護者の方がざわつく。

あと忍《しのぶ》ちゃんのようにエレナと面識のある子もいるようで、嬉《うれ》しそうな声が何人かから上がった。

「――とまあ、話が長いのは学校の校長先生だけで十分だろうし、早速上映を始めちゃおうか。皆、楽しんでいってねー」

挨拶もそこそこにエレナは自作品の上映を開始する。

タイトルは〝KARASU〟。

俺の所属していたバンドが劇伴《げきばん》からエンディング曲まで担当した作品。

ゆえに当然スタートと同時に懐かしい音が聞こえてくる。

少し前の俺なら、耳を塞ぎたくなっていたかもしれない。

だが今は思い出を振り返るように、落ち着いた気持ちで映画を見ることができた。

『わたしは……好きです』

脳裏に蘇《よみがえ》るソラちゃんの言葉。

俺と共に壁際に立っている彼女は、映画に見入っている。

今朝会った時に確認したが、体調はもう回復したらしい。

ただ最後の読み合わせ練習に参加できなかったことはかなり悔やんでいて、それが大きな不安となっているようだ。

――この映画を見て、気持ちを切り替えられるといいけど。

俺は子供たちの様子を窺《うかが》いつつ、スクリーンにも視線を向ける。

音源の収録時は未完成の部分もあったが、試写会も含めて完成版は何度も見ていた。

内容は王道の冒険活劇。

世界観や設定がややこしい部分はあるが、とにかく絵がよく動くので、それだけで映像に引き込まれる。

騒いだりする子がいないか心配していたが、子供たちも皆映画に夢中だった。

レッスンメンバーの中で唯一ボランティア委員ではない忍ちゃんも、列の最前列で食い入るようにスクリーンを見ている。

当時高校生だった人間が、よくこれだけのものを作れたなと思う。

その頃俺たちはバンドが少し有名になって調子に乗っていたのだが、別ジャンルとはいえ圧倒的な才能を見せつけられ、鼻っ柱を叩《たた》き折られた。

それでも彼女の作品に飲み込まれまいと意地を張り、戦って、喧嘩《けんか》して、この映画の中でも自分たちの色を失わない音楽を作り上げたのだ。

エレナに対して口調や態度が攻撃的になってしまうのはその影響。

俺は誰よりも彼女を恐れ、警戒している。

野生動物が縄張りを守るために威嚇しているのと同じ。

——まあ、今の俺に守るものがあるのかって話だが。

自嘲気味に胸の中で呟《つぶや》く。

四十分ほどで映画はエンディングを迎えた。

普通の映画と比べれば短いが、個人制作としてはかなりのボリュームだ。

集中力が続かない子供たちにとってもちょうどいい長さだろう。

エンディングの止め絵と共に流れるのは、Eternal Red の曲。

〝ソウタ〟の紡ぐ歌声は、この作品を締めくくるのに相応《ふさわ》しいものだった。

——お前は大した奴《やつ》だよ。

過去の俺に素直な賞賛を送る。

もう俺はこの歌を歌えない。でも〝ここ〟に残っているならそれでいいと思った。

視線を感じてそちらを見ると、スクリーンの脇に立つエレナと目が合う。

にやりと笑う彼女。

――何だよ。ったく……。

何か言いたげなエレナだったが、それを確かめたくはなかった。

上映後は体験コーナー。

皆で声を録音してみて、それを映像と合わせてみたりする遊び。

その流れで次回作に使うガヤも収録し、完成を楽しみにしていろと彼女は胸を叩いた。

それでレクリエーションは終了。

ぞろぞろと友達同士や保護者連れで帰って行く子供たちを俺たちは見送る。

残ったのは、午後のオーディションを受けるメンバーとその関係者。

後片付けをした後、それぞれが持参した昼食を摂《と》る時間になる。

「はぁ……もうすぐ、ですね」

会議室で小さなお弁当を食べながらソラちゃんが呟く。

このお弁当は珍しく休みだった汀《なぎさ》さんが、早起きして作ってくれたものらしい。

「うわーっ！　どきどきしてきたかもーっ！」

普段は緊張と無縁に見える美沙貴ちゃんも、菓子パンを手に大きな声を上げた。

「わたくしはエレナさんと直接お会いした時からもう上手《うま》く声が出てきません。本番、ちゃんとできるでしょうか……」

東雲さんは食事も上手く喉を通らないらしく、手作りらしきおにぎりを前に大きく溜息《ためいき》を吐いていた。

「く、空気が重いわね……」

オーディションを見学するために残った穂高さんは、場の雰囲気に耐えかねた様子で呟く。

会議室にいるのは俺を含めてこの五人。

忍ちゃんは同行した母親と一緒に外へご飯を食べに行った。

エレナは別の部屋で館長とランチをしている。

俺たちと一緒だと緊張を煽《あお》ると思ったからだろうが、既に皆はガチガチだ。忍ちゃんも恐らく同じ状態だろう。

「皆、もう少しリラックスしないといつもの力が出せないぞ」

このままではマズイと思い、俺はなるべく明るくソラちゃんたちに声を掛けた。

「はい――分かってます。でもさっき、エレナさんの作品を見て……そこで演技をされている声優さんが、本当にすごくて……」

ソラちゃんは羨むような声で言う。

皆も同じ意見だったのか、重い沈黙が落ちた。

どうやら直前にエレナの映画を見たのは、逆効果だったらしい。

「確かに皆上手かったな。でもそれはあの作品のキャラクターに嚙《か》み合《あ》ってたからでもあると思う。そういう意味でならソラちゃんたちも大丈夫だ。ちゃんとキャラクターをものにしている」

「カナタさん――はい、そうですよね……今はそう思わないと……！」

ソラちゃんの声に少しだけ力が戻った。

だが重い緊張感は変わらず部屋に漂っている。

――実際にオーディションに出るのはソラちゃんたちだ。俺の言葉はこれ以上届かない。

でも他に何かできることはないかと考え、俺は席を立つ。

「ちょっとトイレに行ってくるよ」

そう言って会議室を出た。

けれど向かうのはトイレではなく館長室。

ノックをして中に入ると、応接用のテーブルで館長とエレナが昼食を食べているところだった。

「どうしたの、何か用？」

面白そうに笑ってエレナは俺を見る。

何かを見透かしているようなその態度は気に喰《く》わなかったが、俺は姿勢を正して用件を口にした。

「オーディションでの読み合わせ、ピアノで——俺に伴奏をさせてもらいたいんだ」

「へぇ」

愉《たの》しげに目を細めるエレナ。

「もしかして、普段はそうやって練習してたわけ？」

「ああ」

彼女の指摘に俺は頷く。

「うーん、いいよって言ってあげたいところなんだけどねー。これはあくまでオーディションだからさぁ……キミも参加者になるっていうなら話は別だけど」

獲物を狙うような眼差《まなざ》しを彼女は向けてくる。

——どういうつもりだ？　俺一人で作る楽曲じゃエレナの求めるレベルには達しないって、前は納得していたはずだろ？

彼女の意図は読めないが、それしか方法がないのなら仕方がない。

「……分かった。劇伴担当志望でオーディションを受けてもいいか？」

「おっけー。あ、でももちろん〝使える〟曲じゃないとダメだからね？」

版権に引っかかるようなアレンジ曲は認めないという意味だろう。

「その辺りは問題ない」

何度も読み合わせの伴奏をするうちに、最初はアレンジがメインだった楽曲は全てオリジナル曲に置き換わっている。

挿入歌と同じで、作らずにはいられなかったのだ。

「さっすが！　じゃあよろしくー。キミに惚《ほ》れ直すような演奏を期待してるからね」

嬉しそうなエレナに見送られ、俺は館長室を後にした。

楽しみにされずとも全力は尽くすつもりでいる。

けれどエレナが俺の曲を採用することはないだろう。これは謙遜ではなく、彼女と一度関わった俺だから分かる事実。

――まあいい。あいつの頭の中なんて、想像するだけ無駄だ。

気持ちを切り替えて皆の元へ戻り、伴奏がＯＫになったことを伝える。

ソラちゃんたちは喜び、ほっとしたような表情を浮かべていた。

これで少しでも普段通りの実力が出せればいいなと、俺は胸の内で強く祈った。

2

ついにその時がやってくる。

広間には椅子が運びこまれ、ソラちゃん、美沙貴ちゃん、東雲さん、忍ちゃんの四人とエレナが向かい合うようにして座った。

壁際には穂高さんと忍ちゃんの母親、それに館長が並んで立ち、様子を見守っている。

急遽《きゅうきょ》オーディションに参加することになった俺は、ピアノの前に移動して腰を下ろす。

「それじゃあ今から読み合わせをしてもらうんだけど――その前にちょっとだけ話させてもらおうか」

エレナはそう前置きして話し出す。

「この児童館はね、アタシにとってすごく特別な場所だったんだ。両親が忙しくてほとんど家にいなかったから、ここの館長さんや職員さんが親代わりで、通ってる子たちは兄弟姉妹みたいな感覚だった。高学年になってからもボランティア委員として入り浸ってたよ」

懐かしそうに彼女は語る。

――ソラちゃんと同じだな。

話に耳を傾けながら俺は思う。

「子供たちに読み聞かせる絵本や童話、紙芝居を作ったり――アタシの物作りの原点はここにある。でも大学生になって、とうとう児童館に行く口実もなくなった。だけどやっぱり新作はこの場所との関わりの中で作りたかったんだ」

そこでエレナは苦笑を見せた。

「――っていうか、そうじゃないとやる気が出なかった。自分の軸がブレる気がした。要するにアタシもまだまだガキってことだ。だからこうして後輩たちが積極的に作品に出演したいと言ってくれたことは本当に嬉しい。サンキューな」

そこでエレナはソラちゃんと忍ちゃんを順番に見る。

「特にソラと忍は可愛《かわい》い妹分だったし感動したよ。ちょっと見ない間に大きくなってて驚いたぜ？」

「エレナさんは――昔と同じで安心しました」

ソラちゃんは声を弾ませて答える。

「しのぶはもっともっと、エレナお姉ちゃんぐらいビッグになりたいの！」

忍ちゃんの宣言は、恐らく身体的にも知名度的にもということだろう。

「はは、追いつかれないようにアタシはもっと成長しなきゃな。まずはこの新作を自分の最高傑作にしたい。前作はすげー評価されてハードル爆上がりだけどさ、常に自分を超えて行きたいんだ。だから――妥協はしない」

そこでエレナは目を細め、鋭く告げる。

場の雰囲気が急に変わり、緊張感が満ちた。

「希望したメインの役どころに選ばれなくても、それはアタシが求める基準が高すぎるからで――キミたちに才能がないとかじゃないからね。必ず何かの役は任せるつもりだから、あまり気負い過ぎずに実力を見せてくれ」

それは彼女なりの後輩たちへの優しさだったのだろう。

けれどソラちゃんが悔しそうな表情を浮かべたのを、俺は見逃がさなかった。
——そうだよな。期待されていないことほど悔しいことはないよな。
甘く見るな。舐《な》めるな。見返してやる。
俺も音楽を始めたての頃、見下してくる奴らにそんな思いを抱いていた。
でもいくら言葉で反論したところで意味はない。
実力を示さなければ、全ては負け犬の遠吠《とおぼ》え。
——さあ、実力を見せつけてやろう。結果を出して驚かせてやろう。
あくまで素人だと実力を軽視している南エレナに。
他人の才能も、自分の才能も信じられないでいる穂高さんに。
ソラちゃんの努力を子供の遊びとしか思っていない汀さんに——。
全力で、戦いを挑むのだ。
——行くよ？
皆に視線で合図をする。
ソラちゃんたちが頷くのを確認して、俺は鍵盤に置いた指をゆっくりと押し込んだ。
まずは俺の演奏で、この緊迫した空気を変えてやる。
ここはオーディションの場なんかじゃなく、作品の中。
音楽を奏でて俺は世界を作り出す。

導入で皆を引き込み、シーンの曲に移行する。

物語はここから——。

「——いい天気。今日は一緒にお買い物に行きましょう」

ソラちゃんの一言目。

人の意識を惹《ひ》きつける特別な声。

重ねたレッスンと、感情移入をするための努力により、その魅力は以前よりずっと増している。

エレナが微《かす》かに目を見開くのを、俺はピアノを弾きながら横目で眺めていた。

ソラちゃんの声を見出《みいだ》したのは彼女だ。

だけどそれを才能にすると決めたのはソラちゃんだ。

単なる特別ではない。懸命に磨いたそれは、エレナが知るものとはもはや別物。

「怖いよ……またあいつらが来たら……」

続く台詞《せりふ》は忍ちゃんのもの。

彼女は見事に幼く臆病な〝男の子〟になりきっている。

演技力の面で一番伸びたのは、間違いなく忍ちゃんだろう。

それに加えて彼女には子供らしさの残る声と口調がある。

忍ちゃん以上にこの役に合う者はいないと、俺は確信していた。

「大丈夫。この街に手配書は出回ってなかったから、まだ奴らの手は伸びていないわ」
怯《おび》える子供を安心させる主人公。
そうして彼女は子供を連れ出す。
続いて彼女を追う者たちの視点に移る。
「きゃははははっ！　こんな簡単に壊れちゃったー！」
無邪気で残酷な少女を演じるのは美沙貴ちゃん。
口調自体は普段と変わらないのだが、台詞の内容が不穏だと途端に凄《すご》みが増す。
「――お嬢様、そのぐらいで。情報を聞き出せなくなってしまいます」
少女に付き従う機動兵器が平坦《へいたん》な声で諫《いさ》める。
東雲さんの声も役にとても馴染《なじ》んでいた。
それぞれが自身の強みを生かせる配役。
問題はその魅力が、足りない部分を掻《か》き消《け》すほどに光り輝けるかどうか。
エレナの様子を確認すると、彼女は興味深そうに皆の演技を見ていた。
もう最初の驚きからは醒《さ》めている。
――まだダメだ。
エレナは審査員としての顔をしている。
皆が演じる物語の中に引き込めてはいない。

エレナのイメージを超える作品世界を展開し、彼女を虜《とりこ》にするしかソラちゃんたちがメインの役を手に入れる方法はないだろう。

しかしまだその段階に達してはいないのだ。

――皆も頑張ってるけど……。

ただそれでも普段の実力を百パーセント発揮できてはいない。

本番の緊張が影響しているのか、出来は八割といったところだろう。

練習以上のことが本番で出来ることは滅多にないが、今回に限ってはそれをしなければ目標に届きそうにはなかった。

――どうすればいい？

演奏をしながら自問する。

まずはエレナの前にソラちゃんたちを作品世界に引き込むことだ。

完全に緊張を忘れ、皆が物語の登場人物に成り切ることができれば、エレナもその中に巻き込めるはず。

だが本番中にアドバイスはできない。

より繊細かつ感情を込めて伴奏をすることで、作品としての密度を上げ、皆の没入感を上げるのが精一杯。

――いや、本当に俺は精一杯か？　全力を尽くしているか？

音楽と真摯に向き合っていた頃の俺が、胸の内から問いかけてくる。

もちろん手など抜いていない。

ただ――確かに〝全て〟を出してはいなかった。

台本に明確な記載がありながらも、読み合わせではカットする予定の箇所がある。

それは日常シーンのダイジェストと共に流れる挿入歌。

だが、エレナのイメージ以上の世界を作り上げるためには、材料は多いほどいい。

曲が出来ているのなら、歌で作品世界の完成度を上げるべきだ。

――でも、この声で歌ったところで……。

俺が〝ソウタ〟だと知っているのは、この場でエレナだけだが……それでもこんな声で紡ぐ歌を聞かせられない。

逆に皆の足を引っ張ることにもなりかねない。

だけど他にやれることはない。

このまま何もせず後悔しないのか？

挿入歌のシーンが近づき、焦りが胸を焦がした。

――歌が邪魔になるぐらいなら……。

練習でしていないことをして皆を混乱させるのも良くないと、自分を納得させようとする。

だがそこでソラちゃんの横顔が視界の隅に映った。
彼女は一生懸命に主役を演じている。キャラクターに成り切ろうと必死になっている。
けれどその焦りがあるせいで最後の一歩が足りていない。

『私は……好きです』

——ごめん、皆。
俺は心の中でソラちゃん以外の皆に謝った。
どうしても歌わずにはいられない。
少なくともソラちゃんの背中だけは押すことができると確信したから。
たとえ不格好でも、俺自身が聞くに堪えなくても——君が求めてくれるなら。

「————」

ダイジェストシーンに入ると同時に、俺は歌い始める。
これまではそれらしい曲で流していた部分を、俺の歌で埋めようと試みる。
当然、シーンの切り替わりを待っていた皆は驚きの表情を浮かべた。

エレナも片眉を上げてこちらを見ている。
——届いてくれ……！
登場人物たちの感情を込めて俺は歌う。
皆に、向き合う世界はそちらだと訴える。
それが伝わったのか、ソラちゃんは俺から台本に視線を戻した。
皆もそれにならって台本に目を向ける。
そして曲が終わり、ソラちゃんが次のシーンの台詞を読み上げる。

「風が……変わりました」

彼女の声が世界を塗り替えていく。
その瞬間、俺は自分の役目を果たせたことを理解した。

3

物語は主人公サイドと敵の対立から、さらなる脅威の乱入によって共闘展開へ。
一先《ひとま》ず協力して状況を打破したところで、台本にある内容は終わった。

気になる展開だが、この先を知るのは今のところ作者であるエレナしかいない。

パチパチパチパチと見学していた穂高さんが拍手をする。

少し遅れて館長と忍ちゃんの母親も後に続いた。

これは頑張った皆への労《ねぎら》いか——それとも心からの賞賛か。

まだ俺には分からない。

台本を読み終えたソラちゃんたちは、どこかまだ物語の中にいるかのような顔でぼうっと拍手を聞いていた。

だがしばらくして拍手が鳴り止《や》むと、彼女たちも現実に帰ってきたらしく、恐る恐るといった様子でエレナの方に顔を向ける。

——どうだ？　皆の演技は最高だったろう？　そうだよな……？

俺も祈るような気持ちでエレナを見つめた。

「…………」

しかし全員の視線を集めても、エレナは何も言わない。

重い緊張感が広がり始める。

ソラちゃんたちの顔が不安に翳《かげ》っていく。

——まさか、これでも届かないのか？

俺の胸にも嫌な想像が膨らむ。

「あーあ」

そして、ようやくエレナが発したのは露骨に落胆を含んだ声だった。

「……ダメだね、これじゃ」

彼女の口から漏れた呟きが、皆の顔を強張《こわば》らせる。

ソラちゃんは息を呑《の》み、小さな拳をぎゅっと握りしめた。

──勝てなかった……？

エレナの中にある理想に。

彼女が想定していたキャストに。

「くそっ……」

あまりに悔しくて、俺は低く呻《うめ》く。

だが──。

「アタシもまだまだだ。思い描いていた完成図を、徹底的に上書きされちまった」

エレナは椅子の背もたれに体重を預けて天井を仰ぐ。

その声には、悔しさと喜びが入り混じった響きがあった。

「え、えっと……エレナさん？」

ソラちゃんは困惑した様子でそんな彼女を見つめる。

するとエレナはにかりと笑った。

「あはは、これはね。まあ——敗北宣言だよ」

「はいぼく……？」

ソラちゃんはいまいち意味が分からない様子で首を傾《かし》げる。

「つまりキミたちの勝ちってことさ。悔しいけど——作品がアタシの想像より良くなるのなら、プライドなんて投げ捨ててキミたちの力を借りよう」

苦笑混じりにエレナは言う。

「そ、それって……！」

忍ちゃんが身を乗り出して声を上げた。

「ああ、合格だよ。もうメインキャストはキミたち以外考えられない。ただ休みの日にスタジオに来てもらったりとか結構大変だけど、その辺りは大丈夫かな？」

「は、はいっ……！　もちろんです！」

即答するソラちゃん。皆も頷く。

「……上手くいったの？」

放心気味な様子で忍ちゃんが呟いた。

「合格だー！　紫苑《しおん》、やったねーっ！」

我慢できなくなったのか、美沙貴ちゃんが歓声を上げて東雲さんに抱き付いた。

「ちょ、ちょっと美沙貴――苦しいですわよ。でも、合格……ですか。後半はオーディションのことも忘れて演技に没頭していましたから、急に夢から覚めたような気分です」

東雲さんはぼーっとした表情で言う。

それを聞いたソラちゃんは俺の方に顔を向けた。

「カナタさん……！　カナタさんの歌を聞いたら、物語の映像が頭の中でぶわーって流れました！　まだ完成したものは見てないのに……すごかったです！」

興奮で頬を紅潮させてソラちゃんは褒めてくれる。

――よかった。ソラちゃんには届いていた。

ただ意外なのは他の皆の反応だった。

「お兄ちゃんの歌のおかげで演技を立て直せたの。すごくいい歌だったけど――やるなら最初に言って欲しかったの」

忍ちゃんは複雑な表情で俺を睨《にら》む。

「そうだよーっ！　びっくりしちゃった！　でもホントに胸がドキドキする歌だった！」

顔を輝かせる美沙貴ちゃんに、東雲さんは同意した。

「ですね。本番用のサプライズでしたのなら、本当に大成功です。皆焦っていたのに、空気をがらりと変えてくれました。あと何より……とても素敵な歌だったと思います」

——いや、空気を変えたのはその後のソラちゃんの演技で……。

内心でそう思ったが、それより確認したいことがあって問いかける。

「歌……本当に、よかったか？」

信じられない思いだった。

「……？　もちろんですよ？」

何故《なぜ》そんなことを訊《たず》ねるのかという顔で東雲さんは頷く。

美沙貴ちゃんと忍ちゃんも大きく首を縦に振った。

「はは……そっか、よかったか——」

作品の価値を決めるのは常に受け手。

ならばひょっとすると、俺の自分の声に対する評価が間違っていたのかもしれない。

〝ソウタ〟には及ぶべくもないけれど、聞くに堪えないとは——もう思うべきではないのだろう。

「そうだね、悪くなかった」

エレナもこちらに視線を向け、軽く拍手をする。

「ただ——まだ粗い。キミの伴奏と挿入歌に関しては、合格ってわけにはいかないよ」

「ああ、だろうな」

俺は苦笑して頷く。

最初から分かっていたことだ。

ソラちゃんたちは「えー！」と不満の声を上げてくれていたが、クオリティが足りないのは自分が一番理解している。

「だからそっちは今後のブラッシュアップに期待することにして——」

「え？」

今何か聞き捨てならないことを言われた気がしたが、彼女は構わず先を続ける。

「キミの声は気に入ったから、一つ役をお願いするよ。メインじゃないけど、ぴったりのキャラクターがいるんだ」

「へ……役？」

想定外のことに頭の中が真っ白になる。

「そ。せっかくだしキミも声優に挑戦してみなよ。きっと楽しいぜ」

にやりと笑い、親指を立てるエレナ。

「いや俺は——」

とてもじゃないができる自信はないと言うより早く、ソラちゃんが駆け寄ってきて俺の右手を握る。

「カナタさん！　よかったですねっ……！　一緒に頑張りましょう！」

「……お、おう」

こんな笑顔で祝われたら、頷く以外のことはできなかった。

ただそれよりも今は。

俺は空いていた左手を彼女の手に重ね、心を込めて言う。

「ソラちゃん、おめでとう。よかったな」

何より言いたいのはその一言。

「っ……はいっ‼」

微かに涙を滲《にじ》ませて、彼女は元気よく頷いた。

そうして俺と彼女たちの新しい扉が開く。

俺たちの声がどこまで遠くに届くのか。

それを俺は確かめてみたくなっていた。

終章

「──藤波《ふじなみ》くんの見る目は、確かだったみたいね」

会議室で帰り支度をしていると、穂高《ほだか》さんが話しかけてきた。

他の皆は外に出ていて部屋には二人きり。

「いや、単に皆が頑張ったからで……別に俺が自慢できることじゃないよ」

俺は複雑な思いでそう答える。

この勝負には負けたくないと思っていたが、彼女が皆を心配していたのも知っているため、申し訳なさが強い。

何故《なぜ》なら彼女は正しかったから。

他人に夢を見せるのは、やはり罪深いことではあるのだろう。

「そう。じゃあ勝手に尊敬して、羨んでおくことにする。あーあ、私も頑張っておけばよかったなぁ」

残念そうに呟《つぶや》く彼女。

「──だからエレナにあんなことを言ったのか？」

穂高さんはオーディションの後、エレナにこう頼んだのだ。

どんな役でもいいから、自分も作品に参加してみたいと。

「あはは、何だかじっとしていられなくなっちゃってさ。でも今さらだよね」

「そんなことないよ。別に早いも遅いもない」

「……じゃあ、今度私もレッスンに顔を出してみてもいい？」

窺《うかが》うように問いかけてくる彼女に頷《うなず》き返す。

「ああ、もちろん」

「ありがと。それじゃあ、またね」

嬉《うれ》しそうに微笑《ほほえ》んだ彼女は、手を振って部屋を出て行った。

しばらくするとトイレに行っていたソラちゃんが戻ってくる。

「カナタさん、お待たせしました」

「じゃあ行こうか」

俺とソラちゃんはいつものように一緒に児童館を出た。

空はもう夕焼け色。

「——わたし、本当にエレナさんの作品で主役をやるんですね……」

眩《まばゆ》い斜陽に目を細めた彼女は、ぽつりと言葉を零《こぼ》す。

「ああ。もう自信がないとか言ってられないぞ。今日みたいな最高の演技が収録でもできるように、コンディションを整えていくんだ」

「はい……そうですね。エレナさんは、わたしを選んでくれたんですから」

自分に言い聞かせるように彼女は呟く。

「でも──カナタさんも一緒にやれることになってよかったです。ただ、脇役の声だけじゃなくて、伴奏も歌も、わたしは作品の中で聞きたいです」

「ぐ……それは……かなり頑張らないと難しいかもな」

エレナが俺の伴奏と歌に完全な不合格を出さなかったのは計算違いだった。

そのせいで色々と考えねばならないことが山積みだ。

「じゃあ頑張りましょう……！　わたしも、もっともっと頑張ります……！」

ソラちゃんは明るい声で俺を励ます。

「──そうだな。頑張るよ」

挑戦せずに終わるわけにはいかない。

目の前にいる少女に恥じぬ自分でいたいから。

「エレナさんの新作、大学の文化祭で初お披露目らしいですね」

「秋にあるんだったな。まだまだ先──ってほどじゃないか。正式な音声の収録は夏休みに纏《まと》めてするって話だし」

あっという間に過ぎ去った四月と同じように、前へ前へと進もうとしていれば時間はどれだけあっても足りない。

「じゃあ夏まで猛特訓ですね……！」

「だな。ただ努力の仕方は考えないといけないけど」

いつまでも素人が教えていていいのかという気持ちもある。

その辺りはきちんと考えるべきだろう。

「はい――わたし、カナタさんについて行きますっ！」

真《ま》っ直《す》ぐに俺を見つめるソラちゃん。

「ついて行く……か。これはもしもの話だけど、エレナの新作がまた注目を集めたらソラちゃんの夢はぐっと近づく」

いや、それどころか……。

「場合によっては、俺なんて置き去りにして君はもっと先に行く。一気に世界が変わる。今いる場所には戻れないかもしれない」

真面目な口調で彼女に未来の可能性を伝える。

俺自身がそうだったから。

ただ状況に流されていく前に、少しでも覚悟はしておいて欲しかった。

「先……ですか。正直、そんなの全然想像できません」

「――まあ、そうだよな」

今言っても理解できないことだとも分かっている。

「でも……」

だが彼女はそこで言葉を続けた。

「もしわたしがどこか――遠くまで行くことになっても、たぶん怖くはないです。ホントにすごい声優さんになれば、カナタさんたちがどこにいてもわたしの声は届くから」

どくんと心臓が跳ねる。

彼女の言葉は俺の中にある何かを確実に揺り動かした。

見送るだけでいいのか。

彼女が呼びかけてくれるまで待つだけでいいのか。

置いていかれたくない――負けたくない。

それはたぶんライバル心と呼ぶべきもの。

ソラちゃんのような才能はもう俺にはないのに……なのに足掻《あが》いてみたいと心が叫んでいた。

「俺は――」

でも、そんなのはあまりにみっともなくないか？

〝ソウタ〟を輝かしい思い出のまま残すために、俺は潔く引退したはずなのに……。

そうした想《おも》いが俺の口を重くする。

だが躊躇《ためら》う俺を前にして、ソラちゃんは恥ずかしそうに言葉を続けた。

「あ、ただ……できたらわたしはカナタさんの声も聞きたいです……！　だから、その……ずっと、ずっと一緒に頑張れたら……それが一番かなって」

顔を真っ赤にするソラちゃん。

それを見た瞬間、胸の中の靄《もや》が晴れた。

いつまで俺は〝ソウタ〟のつもりでいるのか。

彼女が聞きたいと言ってくれたのは、俺の——藤波奏太《かなた》の声だというのに。

応えたい。彼女の望みに。

超えていきたい。彼女の期待を。

俺は共に戦っていくライバルに、笑みを向ける。

「……分かった。だったら置いて行かれないように足掻くよ。今の俺の全力で」

言葉にするとそれが自分の想いなのだと、強く実感できた。

「はいっ」

嬉しそうにソラちゃんは頷く。

歩き出す。

当たり前のように手を繋《つな》ぐ。

どこまでも一緒だと、心に強く刻むように。

「――――」

ソラちゃんが赤い空を見上げながら小さな声で歌う。

それは俺が今日歌った挿入歌。

俺は息を吸い、彼女の声に歌を重ねた。

つづく

あとがき

　こんにちは、もしくは初めまして。ツカサです。

　この度は『ちいさな君と、こえを遠くに』を手に取っていただき、ありがとうございます。

　今作を書くことになった切っ掛けは、少し行き詰まっていた時に〝小学生ヒロイン〟の企画に挑戦してみないかと編集さんに提案されたことでした。初の分野なので最初は少し不安だったのですが、とても楽しく書くことができたと思います。

　ただやはり慣れないジャンルのため、最初——作品を書くにあたって、まず私自身の小学生時代のことを思い出そうと努力してみました。

　けれど脳裏に浮かぶのは、いくつかの印象深い出来事だけ。

　小学生の頃の日常というのは、当たり前のことだったからこそ記憶に残らず、ほとんど風化してしまっていました。

　そこで試してみたのが〝小学生の頃に好きだったアニメや特撮〟を見てみることです。

　ちょうど某大手通販サイトの有料会員になっていたこともあり、作品を探すのは簡単でした。

ただ——やっぱりそうした作品の内容も驚くほど覚えておらず、時代の流れを感じるだけ。

しかしその試み自体は無駄ではなかったのです。本編の記憶はなくとも、オープニング映像と曲はしっかり私の心に刻み込まれていました。

音楽ってすごいですね。

オープニングを見るだけで、当時の自分がどんな日常の中でその作品を楽しみにしていたかとか、何を考えていたかとか——その頃の悩みまで、質感を伴って私の中に蘇りました。

よく〝匂い〟から昔の記憶が蘇るという話は聞きますが、音と映像にも似たような効果はあるように思います。

まあ、頭を掻きむしりたくなるような失敗や間違いの記憶も多く、思い出すんじゃなかったと後悔することもありましたが……。

特に〝イタい〟思い出だったのが、クリアできていないゲームをクリアしたと言い張り、嘘に嘘を重ねていたことです。友人にそのゲームを貸すにあたって、たぶん格好を付けたかったのでしょう。

思い返すと子供の頃の方が面子にこだわったり、弱みを見せることを過剰に恐れていた気がします。

今なら〝どうでもいい〟と割り切れることが、ひどく重要に思えたり――子供には無限の可能性があるからこそ、守るものも多かったのかもしれません。

けれど今作の登場人物は、そうした恐れを乗り越えて前に進み続けます。

そんな少女たちの姿を力の限り描いていけたらと思うので、お付き合いいただけると幸いです。

では、そろそろ謝辞を。

しらたま先生。今作のイラストを担当してくださり、ありがとうございます。可愛く透明感のある女の子たちのイラストはすごく素敵で、いつまでも眺めていたい魅力に溢れています。今後ともよろしくお願いいたします！

担当の庄司《しょうじ》様。今回も大変お世話になりました。新たなジャンルに挑戦させていただき、本当に感謝です。今後も一緒に色々な作品を作っていけたらなと思います。これからもよろしくお願いいたします。

そして最後に、読者の方々へ最大級の感謝を。

それでは、また。

二〇二二年　九月　ツカサ

ちいこえ
お読みいただき
ありがとうございました！
Shiratama

少年は
千年の時を超える——

講談社ラノベ文庫

ちいさな君《きみ》と、こえを遠《とお》くに

ツカサ

2022年10月31日第1刷発行

発行者	森田浩章
発行所	株式会社　講談社 〒112-8001 東京都文京区音羽2-12-21
電話	出版　(03)5395-3715 販売　(03)5395-3608 業務　(03)5395-3603
デザイン	たにごめかぶと(ムシカゴグラフィクス)
本文データ制作	講談社デジタル製作
印刷所	株式会社ＫＰＳプロダクツ
製本所	株式会社フォーネット社

KODANSHA

ISBN978-4-06-527643-3　N.D.C.913　263p　15cm
定価はカバーに表示してあります

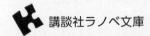